The Very Best of Brothers Grimm

IN SPANISH AND ENGLISH

(BILLINGUAL EDITION)

TRANSLATED BY CARMEN HUIPE

Golgotha Press, Inc.
Anaheim, California

Table of Contents

For Mordecai

ASHPUTTEL (ALSO KNOWN AS CINDERELLA)

(CENICIENTA)

A rich man's wife became ill, and when she felt that she was about to die, she called her only daughter to come to her bedside, and said, "You must always be good, and I will watch over you from heaven." Soon after that she closed her eyes and died, and she was buried in the garden. The little girl went to her grave every day and cried, and she was always good and kind to everyone she knew. When

La esposa de un hombre rico se enfermó y cuando sintió que estaba a punto de morir, llamó a su hija única para que viniera a su lado, y le dijo:

-Siempre debes portarte bien, y desde el cielo, yo cuidaré de ti.

Un poco después de esto, cerró sus ojos y murió y la enterraron en el jardín. La niñita iba a visitar su tumba todos los días y lloraba; ella

the snow fell it looked beautiful on the grave, but when spring came and the snow had melted, her father had got married again. His new wife had a pair of daughters of her own and they came to live with her. They were pretty, but horrible inside, and it was a bad time for the poor little girl. “What does this rubbish want in the parlour?" they said, “if you want bread you have to earn it, get out of here, you kitchen maid!" They took away all her nice clothes, and made her wear an old grey dress, and mocked her, and pushed her into the kitchen.

siempre se portaba muy bien y era muy amable con todos aquellos que conocía. Cuando la nieve cayó, se veía hermosa sobre la tumba, pero al llegar la primavera y la nieve se derritió, su papá ya se había casado nuevamente. Su esposa nueva ya tenía dos hijas las cuales vinieron a vivir con ella. Eran bonitas, pero por dentro eran horribles y fue un tiempo de aflicción para la pobre niñita. Decían:

– ¿Qué quiere esta basura en la sala de recepción? ¡Si quieres pan tienes qué ganártelo, salte de aquí, criada de cocina!

Se llevaron toda su ropa bonita, y la hicieron que se pusiera un vestido viejo y gris, y se burlaron de ella y la

empujaron hasta la cocina.

She was forced to work like a skivvy, to get up early, before sunrise, to bring water, set the fire, cook and wash. Also, the sisters bothered her in many different ways, and mocked her. When she was tired in the evening, there was no bed for her to lie on, she had to sleep by the fireplace in the ashes. This made her dusty and dirty, and so they named her Ashputtel.

Fue obligada a trabajar como una criada, que se levantara temprano antes del amanecer, que trajera agua, prendiera el fuego, cocinara y lavara. También, las hermanas la molestaban de muchas maneras, y se reían de ella imitándola. Cuando la niña ya estaba cansada y llegaba la noche, no tenía una cama para recostarse, así que dormía cerca de la chimenea en medio de las cenizas, estaba sucia y empolvada debido a que dormía en medio de las cenizas, así que la llamaron Cenicienta.

At one time her father was going to visit the fair, and he asked his stepdaughters what he should bring back for them. One of them said "Nice clothes," and the other one cried out, "Pearls and diamonds!" "Now, my daughter," he said to his own child, "what do you want?" "I want the first twig, dear father, that touches your hat when you set off for home," she said. So he brought his stepdaughters the fine clothes and pearls and diamonds they asked for, and on his way home, as he rode through a green wood, a twig from a hazel tree brushed him and almost knocked his hat off. He broke it off and carried it away, and when he got home he gave it to his daughter. She took it and planted it on

En cierta ocasión, su papá fue a la feria, y les preguntó a sus hijastras qué les gustaría que les trajera. Una de ellas dijo:

– Ropa bonita,

Mientras la otra gritaba:

-¡Perlas y diamantes!

Le preguntó a su propia hija:

-Y bien hija, ¿qué quieres tú?

Ella contestó:

-Quiero, querido padre, la primera ramita que toque tu sombrero cuando vengas de regreso a casa.

Así que les trajo a sus hijastras la ropa fina y las perlas y diamantes que le pidieron, y cuando regresaba

her mother's grave, and she cried so much that it was watered by her tears. It grew up to become a very fine tree. She went and visited it three times every day, crying. After a while a little bird came and build its nest in the tree, and it talked to her, and looked after her, and brought her whatever she wanted.

a casa, al pasar a través de un bosque muy verde, una ramita de un árbol de avellano lo rozó y casi le tumbó el sombrero. La cortó y se la llevó, y cuando llegó a casa se la dió a su hija. Ella la tomó y la plantó en la tumba de su madre, y lloró tanto que la regó con sus lágrimas. La ramita creció hasta convertirse en un árbol muy fino. Ella iba y lo visitaba tres veces al día, llorando. Después de un tiempo un pajarito vino a hacer su nido en el árbol, y hablaba con la niñita, y la cuidaba, y le traía todo lo que ella deseaba.

At this point the king of that country held a feast which was going to last for three days, and his son was going

Por esos días, el rey del país daría una fiesta la cual iba a durar tres días, y su hijo iba a escoger una novia para

to choose a bride from those who attended. Ashputtel's sisters were both invited, so they summoned her and said, “Now, comb our hair, brush our shoes, and tie our sashes for us, because we are going to dance at the king's feast." She did as she was told, but when she was finished she couldn't stop herself from crying, because she really would have liked to go with them to the ball. In the end she begged her stepmother to let her go. “You, Ashputtel!" she replied, “you who has no fine clothes, and can't even dance, you think you should go to the ball?" Ashputtel kept on begging until eventually, to get rid of her, her stepmother said, “I shall throw this dish of peas into the pile of ashes, and if you can take them all

casarse con ella entre aquellas que asistieran. Las dos hermanastras de Cenicienta habían sido invitadas, así que la llamaron y le dijeron:

-Ahora, péinanos, cepilla nuestros zapatos, y ata nuestros listones, porque vamos a ir a bailar a la fiesta del rey.

Ella hizo todo lo que dijeron, pero cuando terminó, no podía parar de llorar, porque le hubiera gustado mucho ir con ellas al baile. Al fin, le suplicó a su madrastra que la dejara ir, quien le contestó:

-¡Tú, Cenicienta! -tú, que no tienes ropa fina, y que ni siquiera puedes bailar, ¿tú crees que deberías ir al baile?

out within a couple of hours, you can go as well."

Cenicienta continuó suplicando hasta que al fin, para deshacerse de ella, su madrastra le dijo,

-Voy a tirar este plato de guisantes sobre el montón de cenizas, y si los puedes sacar todos en dos horas, tú también puedes ir.

So she threw the peas into the ashes, but the little girl ran out of the back door into the garden, and called out,

Así que tiró los guisantes en las cenizas, pero la niñita salió corriendo hacia el jardín por la puerta de atrás y gritó:

"Come here, come here, through the sky, turtle doves and linnets, fly to me! Blackbird, thrush, lovely chaffinch, come here! All of you, come and help me quick! Come and help me, come and

– ¡Vengan aquí, vengan aquí, a través del cielo, tórtolas y pardillos, vuelen a mí! ¡Mirlos, zorzales, pinzones hermosos, vengan aquí¡ ¡Todos ustedes, vengan rápido y ayúdenme, vengan y saquen

pick these peas!"

esos guisantes¡

To start with a pair of white doves arrived, flying in through the kitchen window; then there was a pair of turtle doves, and after that every sort of little bird came flying in, chirping and fluttering. They flew down into the ashes, and bent their heads and started picking out the peas, and between them they soon managed to get them all out and into a dish, leaving the ashes. The task was finished before even an hour had passed, and then they all flew out of the windows.

Para comenzar, llegó un par de palomas blancas, volando hacia adentro de la cocina a través de la ventana; y luego había un par de tórtolas, y después de eso, todo tipo de pajaritos llegaron volando, cantando y aleteando. Volaron directo a las cenizas, y doblaron sus cabezas y comenzaron a levantar los guisantes, y entre todos pronto lograron sacarlos y ponerlos en el plato, dejando las cenizas en su lugar. La tarea fue terminada aún antes de que hubiera pasado una hora, y luego volaron todos hacia afuera a través de la ventana.

Then Ashputtel carry that dish to her stepmother, delighted to think that she would now get to go to the ball. But the woman said, "No, no! You slut, you don't have any clothes, and you can't dance, you're not going." Ashputtel begged and begged to be allowed, so she said, "If you can pick two dishes of peas out of the ashes, I will let you go." She thought that way she would at least get rid of her, so she threw two dishes of peas into the ashes.

Entonces Cenicienta llevó el plato a su madrastra, encantada al pensar que ahora sí podría asistir al baile. Pero la mujer dijo:

-¡No, no! Asquerosa, no tienes nada de ropa, y no puedes bailar, no vas a ir.

Cenicienta le suplicó y suplicó que la dejara ir, así que la madrastra le dijo:

-Si puedes recoger dos platos de guisantes de entre las cenizas, te dejaré ir.

Ella pensó que de esa manera, al fin, se desharía de ella, así que tiró dos platos de guisantes en las cenizas.

But the little girl went out into

Pero la niñita corrió hacia el

the garden at the back of the house, and called as she had done before:

jardín en la parte trasera de la casa, y llamó de la misma manera que lo había hecho anteriormente:

“Come here, come here, through the sky, turtle doves and linnets, fly to me! Blackbird, thrush, lovely chaffinch, come here! All of you, come and help me quick! Come and help me, come and pick these peas!"

-¡Vengan aquí, vengan aquí, a través del cielo, tórtolas y pardillos, vuelen hacia mi! Mirlos, zorzales, pinzones hermosos, vengan aquí! ¡Todos ustedes, vengan rápido y ayúdenme, vengan a recoger esos guisantes!

To start with a pair of white doves arrived, flying in through the kitchen window; then there was a pair of turtle doves, and after that every sort of little bird came flying in, chirping and fluttering.

Para comenzar, llegó un par de palomas blancas, volando hacia adentro de la cocina a través de la ventana; luego había un par de tórtolas y después de eso todo tipo de pajaritos vineron volando,

They flew down into the ashes, and bent their heads and started picking out the peas, and between them they soon managed to get them all out and into the dishes, leaving the ashes. The job was done before half an hour was up, and they flew out again. So Ashputtel carried the dishes to her stepmother, delighted to think that she would now be allowed to go to the ball. But the woman said, “It's no use you trying, you're not going; you don't have any clothes, you can't dance, and you will just embarrass us." And she and her daughters left to go to the ball.

cantando y aleteando. Volaron hacia las cenizas, y doblaron sus cabezas y comenzaron a levantar los guisantes, y entre todos, pronto lograron sacarlos y ponerlos en los platos, dejando las cenizas. La tarea fue realizada antes de que hubiera pasado media hora, y volaron y se fueron de nuevo. Así que Cenicienta llevó los platos a su madrastra, encantada pensando que ahora sí se le permitiría ir al baile. Pero la mujer dijo:

-Es inútil que sigas tratando, no vas a ir, no tienes nada de ropa, no puedes bailar, y solo nos avergonzarías.

Y ella y sus hijas se fueron al baile.

So everybody was gone, there was nobody left home, and Ashputtel went out sadly and sat down underneath the hazel tree on her mother's grave, crying out,

De esta manera, todos se habían ido, no había nadie más en la casa, y Cenicienta, muy triste, salió y se sentó debajo del árbol de avellano en la tumba de su madre, llorando,

“Hazel tree, hazel tree, shake gold and silver all over me!"

-¡Arbol de avellano, árbol de avellano, sacude oro y plata sobre mi!

Then the bird which was her friend flew from the tree, bringing her a gold and silver dress, with slippers of multicoloured silk. She put them on, and went after her sisters to the feast. They didn't recognise her, they thought she must be some foreign princess as she

Entonces el pájaro, que era su amigo, voló del árbol, trayéndole un vestido de oro y plata, con zapatillas de seda de todos los colores. Se los puso y se fué detrás de sus hermanas a la fiesta. No la reconocieron, pensaron que debería ser alguna princesa que venía de lejos, ya que se

looked so wonderful in her fine clothes. They never imagined it could be Ashputtel, certain that she was at home in the dirt.

veía tan hermosa en su ropa tan fina. Nunca se imaginaron que podría ser Cenicienta, pues tenían la certeza que ella estaba en la casa en medio de todo lo sucio.

The prince soon came up to her, took her hand and danced with her, and with nobody else. He never let go of her hand, and when anybody else asked her to dance he said, "This lady is dancing with me."

Sin perder tiempo, el príncipe se dirigió a ella, la tomó de la mano y bailó con ella, y con nadie más. Nunca le soltó la mano, y cuando otros le pedía que bailara con ellos, el príncipe decía,

-Esta señorita está bailando conmigo.

They danced late into the night, and she wanted to go home, so the prince said, "I

Bailaron hasta muy tarde, y cuando Cenicienta se quiso ir a casa, el príncipe, ya que

will make sure you get home safely," because he wanted to see where this beautiful girl lived. But she gave him the slip when he wasn't looking, and she ran off towards her house. With the prince following her, she jumped into the pigeon loft and shut the door. The prince waited until her father came home, and told him that the mysterious girl, who had been at the ball, was hiding in his pigeon loft. But when they broke the door open they found there was no one inside, and when they came into the house they found Ashputtel lying in her usual place amongst the ashes in her dirty dress, with a dim little lamp burning in the fireplace. She had run through the pigeon house as quickly as possible and

quería ver donde vivía esta linda chica, le dijo:

-Voy a asegurarme de que llegues a casa con bien.

Pero ella le dio la zapatilla cuando él estaba distraído, y corrió hacia su casa. Como el príncipe la iba siguiendo, Cenicienta brincó dentro del pajar de las palomas y cerró la puerta. El príncipe esperó hasta que su papá llegó a casa, y le dijo que la chica misteriosa, quien había estado en el baile, se estaba escondiendo en el pajar de las palomas. Pero cuando rompieron la puerta para abrirla se dieron cuenta de que no había nadie adentro, y cuando entraron a la casa encontraron a Cenicienta acostada en su lugar de costumbre en medio de las

jumped onto the hazel tree, and when she was there she had taken off her fine clothes, and put them underneath the tree so that the bird could take them away; then she had laid herself down amongst the ashes in her little grey dress.

cenizas y con su vestido sucio, con una lamparita muy tenue prendida en la chimenea. Había corrido a través del palomar tan rápido como le fue posible y brincó al árbol de avellano y cuando llegó se había quitado su ropa fina y la había puesto debajo del árbol para que el pájaro se la llevara, entonces se acostó en medio de las cenizas ya con su vestidito gris puesto nuevamente.

The next day the feast carried on, and when her father, stepmother and sisters were gone, Ashputtel went over to the hazel tree, saying,

Un día después de que la fiesta se había llevado a cabo, y cuando su papá, su madrastra y hermanastras se habían ido, Cenicienta fue al árbol de avellano y dijo,

"Hazel tree, hazel tree, shake gold and silver all over me!"

-¡Arbol de avellano, árbol de avellano, sacude oro y plata sobre mí!

Then the little bird came, bringing an even better dress than the one she had worn the day before. When she arrived at the ball, everybody was astonished by her beauty. The prince, who was waiting for her, took her hand and danced with her, and when anyone else asked her to dance he said, as he had done before, "This lady is dancing with me."

Entonces el pajarito vino, trayendo consigo un vestido aún mejor que el que ella se había puesto el día anterior, cuando Cenicienta llegó a la fiesta, todo el mundo estaba asombrado de su belleza. El príncipe quien la estaba esperando, tomó su mano y bailó con ella, y cuando alguien quería bailar con ella, él decía, igual que antes:

-Esta señorita está bailando conmigo.

At nightfall she wanted to go home, and the prince followed

Al llegar la noche se quería ir a casa, y el príncipe la siguió

her as he had done before, so he could see where her house was. But she gave him the slip and dodged into the garden behind her father's house. In this garden there was a very fine pear tree full of ripe fruit, and Ashputtel, desperate for somewhere to hide, climbed into it without being seen. Then the prince couldn't find her, so he waited until her father came home, saying to him, “That mysterious lady who danced with me has given me the slip, and I think she must have climbed into the pear tree." Her father thought to himself, “Could this be Ashputtel?" So he got an axe, and they cut down the tree, but they found nobody in it. When they got back to the kitchen, they found Ashputtel lying in the

igual que antes, así que pudo ver dónde estaba su casa. Pero ella le dió la zapatilla y lo esquivó al jardín detrás de la casa de su papá. En este jardín había un árbol muy hermoso de peras que estaba lleno de fruta madura, y Cenicienta desesperada por un lugar dónde esconderse, se subió ahí sin que nadie la viera. Entonces el príncipe ya no la pudo encontrar, así que esperó hasta que su padre llegó a casa, y le dijo:

-Esa dama misteriosa que bailó conmigo me ha dado su zapatilla, y creo que se ha subido al árbol de pera. Su padre pensó:

-¿Podría ser Cenicienta?

Así que tomó un hacha, y cortaron el árbol, pero no

ashes as usual, because she had slid down the other side of the tree, and given her fine clothes back to the bird on the hazel tree, and put on her little grey dress.

encontraron ahí a nadie. Cuando regresaron a la cocina, encontraron a Cenicienta acostada en las cenizas como de costumbre, porque se había deslizado por el otro lado del árbol, y le había dado su ropa fina al pájaro en el árbol de avellano, y se había puesto su vestidito gris.

On the third day, when her father and stepmother and sisters had gone to the ball again, she went back to the garden, saying,

Al tercer día, cuando su padre, su madrastra y sus hermanas se habían ido al baile nuevamente, ella regresó al jardín diciendo,

“Hazel tree, hazel tree, shake gold and silver all over me!"

-¡Arbol de avellano, árbol de avellano, sacude oro y plata sobre mí!

So her kind friend of the bird brought her a dress which was even better than the ones she had had before, and slippers which were all gold, so when she got to the ball nobody knew what to say about her, they were so astonished by her beauty. The prince only danced with her, and when anybody else asked her for a dance, he would answer, “This lady is my partner, sir."

Así que su buen amigo, el pájaro, le trajo un vestido el cual era aún mejor que los otros que había tenido anteriormente, y zapatillas que eran de oro puro, así que cuando llegó al baile nadie sabía qué decir acerca de ella, porque estaban muy asombrados por su belleza. Solamente el príncipe bailó con ella, y cuando alguien más la pedía para bailar, el contestaba:

-Esta dama es mi compañera, señor.

At nightfall she wanted to go home, and the prince wanted to accompany her, saying to himself, “I won't lose her this

Al caer la noche ella quería regresar a casa, y el príncipe quería acompañarla, pensando:

time." However, once again she gave him the slip, though she was in such a rush that she dropped her left golden slipper on the stairs.

-Esta vez no la voy a perder.

Sin embargo, una vez más ella le dió la zapatilla, aunque ella tenía tanta prisa, que se le cayó en las escaleras su zapatilla de oro del pie izquierdo.

The prince picked up the shoe, and the next day he went to his father the king, and said, "I will marry the woman whom this golden slipper fits." Both the sisters were delighted to hear that, because they had beautiful feet, and was sure that the golden slipper would fit them. The oldest one went to try first of all, with her mother watching. But she couldn't fit her big toe into it, and the shoe was much too small for

El príncipe levantó el zapato, y al día siguiente se dirigió a su padre el rey, y le dijo:

-Me casaré con la mujer a quien le quede a la medida esta zapatilla. Las dos hermanas estaban encantadas de escuchar eso, porque tenían pies hermosos, y tenían la seguridad de que la zapatilla de oro les quedaría a la medida. La mayor fue la primera en probársela, mientras su

her all round. Then her mother gave her a knife, saying, “Don't worry about that, cut it off; when you are queen you won't care about missing toes, you won't have to walk." So the foolish girl chopped off her big toe, and managed to squeeze the shoe on, and went to see the prince. He took her as his bride, and put her next him on his horse, and rode off homewards with her.

mamá observaba. Pero no pudo meter ni siquiera el dedo grande, y la zapatilla era mucho más pequeña por todos los lados. Entonces su madre le dio una navaja diciéndole:

-No te preocupes por eso, córtatelo; cuando seas reina no te preocuparás por dedos cortados, no necesitarás caminar.

Así que la muchacha tonta se cortó el dedo grande del pie, y pudo de esa manera forzar que entrara el zapato, y se dirigió al príncipe. El la tomó como su prometida, y la puso junto a él sobre el caballo, y viajó hacia su casa con ella.

However, on their way home

Sin embargo, en el camino a

they had to pass the hazel tree which Ashputtel had planted, and there was a little dove sitting on a branch, singing,

casa tenían que pasar por donde estaba el árbol de avellano que Cenicienta había plantado, y había una palomita sentada sobre una rama, que cantaba:

“Go back! Go back! Look at the shoe! That shoe is too small, it wasn't made for you! Prince! Prince! Keep looking for your bride, that one sitting next to you is not her."

-¡Regrésate! ¡Regrésate! ¡Mira el zapato! ¡Ese zapato es muy pequeño, no estaba hecho para ti! ¡Príncipe! ¡Príncipe! Continúa buscando tu prometida, la que está sentada junto a ti, no lo es.

The prince dismounted and examined her foot, and he could see, from the blood running from it, that she had tricked him. So he turned back, taking the false bride

El príncipe se desmontó y examinó el pie de ella, y podía ver, a través de la sangre que salía de él, que ella lo había engañado. Así que se regresó, devolviendo a

back to her home, saying, “This isn't the true bride; give the other sister a try." She went into the room and managed to get her foot into the shoe, apart from her heel, which was too big. But her mother forced it in until it bled, and took her to the prince. He put her next him on his horse as his bride, and rode off.

la novia farsante de regreso a su casa, diciendo:

-Esta no es la novia verdadera; hagan la prueba con la otra hermana.

Ella entró a una recámara y pudo meter el pie dentro del zapato, pero no el tobillo, pues era muy grande. Pero su madre le forzó el pie hasta que sangró, y la llevó al príncipe. El la puso junto a él sobre su caballo considerándola su prometida, y se fue.

But when they got to the hazel tree, the little dove was still there, singing,

Pero cuando llegaron al árbol de avellano, ahí estaba todavía la palomita, y cantaba,

"Go back! Go back! Look at the shoe! That shoe is too small, it wasn't made for you! Prince! Prince! Keep looking for your bride, that one sitting next to you is not her."

-¡Rregrésate¡ ¡Regrésate¡ ¡Mira el zapato! ¡Ese zapato es muy chico, no fue hecho para ti! ¡Príncipe! ¡Príncipe! Sigue buscando por tu prometida, la que está sentada junto a ti, no lo es.

The prince looked back down and saw that there was so much blood running from the shoe that her white stockings had turned red. So he turned again and brought her back. "This isn't the right bride," he said to the father, "don't you have any other daughters?" "No," he said, "there is only dirty little Ashputtel here, who is the daughter of my first wife; I'm sure she can't be the right one." The prince ordered him to send her along. But her

El príncipe voletó hacia abajo y vió que había mucha sangre saliendo del zapato, tanto que las medias blancas de ella ya eran rojas. Así que regresó de nuevo y la devolvió y le dijo al padre:

– Esta no es la novia correcta, -¿No tienes alguna otra hija?

Dijjo él:

– No, sólo está la pobrecita y sucia de Cenicienta aquí, es

stepmother said, “No, no, she is far too dirty, she won't dare to appear." However, the prince ordered that she should come; she washed her face and hands, and then went in and curtsied to him. He handed her the golden slipper, and she took off her rough shoe on her left foot, and the golden slipper fitted her like a glove. When he look closely into her face she recognised her, and he said, “This is my true bride." Her stepmother and her stepsisters were both frightened, and they became pale with anger as he put Ashputtel on his horse, riding away with her. When they got to the hazel tree, the white dove sang,

“Go home! Go home! Look at

la hija de mi primera esposa, estoy seguro que ella no puede ser la correcta.

El príncipe le ordenó que la mandara traer. Pero la madrastra dijo:

-No, no, ella está demasiado sucia, no se atrevería a presentarse.

Sin embargo, el príncipe ordenó que debería venir y ella se lavó su cara y sus manos y después fue y se inclinó delante del príncipe. El le entregó la zapatilla de oro y ella se quitó el zapato áspero que tenía en su pie izquierdo, y la zapatilla de oro le quedó perfecta, cuando él la miró al rostro de cerca, la reconoció y exclamó:

– ¡Esta es mi prometida!

the shoe! Princess! That she was made for you! Prince! Prince! Take your bride home, that is the right one, sitting by your side."

Y su madrastra y hermanas estaban asustadas y se pusieron pálidas del coraje cuando él sentó a Cenicienta sobre su caballo y se alejó con ella cabalgando. Cuando llegaron al árbol de avellano, la paloma cantó:

-¡Ve a casa¡ ¡Ve a casa! ¡Mira el zapato! ¡Princesa! ¡Que estaba hecha para ti! ¡Príncipe! ¡Príncipe! Lleva tu novia a casa, que esta es la correcta, sentada a tu lado.

When the dove had finished singing, it flew over, and sat on her right shoulder, and travelled home with her.

Cuando la paloma terminó de cantar, voló y se sentó sobre el hombro derecho de Cenicienta, y viajó a casa con ella.

SNOWDROP (ALSO KNOWN AS SNOW WHITE)

(TAMBIÉN CONOCIDA COMO BLANCANIEVES)

It was the middle of winter, and big snowflakes were falling everywhere, and the queen of a very faraway country was sitting working at her window. The window frame was made of fine black ebony, and as she was sitting looking at the snow, she put her finger out, and three drops of blood fell on the snow. She looked at them thoughtfully, and said, "I hope that my little daughter will be

Era mediados de invierno, y grandes copos de nieve estaban cayendo por todos lados, y la reina de un país muy lejano estaba sentada trabajando junto a su ventana. El marco de la ventana estaba hecho de madera negra de fino ébano, y al estar sentada mirando la nieve, se pinchó el dedo, y tres gotas de sangre cayeron sobre la nieve. Las observó muy pensativa, y dijo:

as white as snow, as red as the blood, and as black as this ebony window frame." And the little girl really did grow up like that; her skin was white as snow, her cheeks were as red as blood, and her hair was as black as ebony. She was named Snowdrop.

-Espero que me hijita sea tan blanca como la nieve, tan roja como la sangre y tan negra como el ébano de este marco de la ventana.

Y la niñita era realmente así cuando creció: su piel era tan blanca como la nieve, sus mejillas eran tan rojas como la sangre y su pelo era tan negro como el ébano. Le pusieron por nombre Blancanieves.

But the queen died, and her husband soon married another wife, who became queen. She was very beautiful, but she was so vain that she couldn't stand the thought that anyone was better looking than her. She had a magic mirror which she

Pero la reina murió, y al poco tiempo su esposo se casó con otra mujer, que se convirtió en la nueva reina. Ella era muy hermosa, pero era tan vanidosa que no podía soportar la idea de que alguien fuera más bonita que ella. Tenía un espejo mágico

used to look in, saying,

en el cual ella se reflejaba, diciendo:

“Mirror, mirror on the wall, who's the fairest of them all?"

-Espejito espejito, quién es la más bonita de todas?

And the mirror always told her,

Y el espejo siempre le decía,

“You, queen, are the loveliest in the whole country."

-Tú, reina, eres la más hermosa en todo el país.

But Snowdrop became more and more beautiful, and when she was seven years old she was as bright as daylight, and more lovely than the queen herself. One day, when the queen went to look in her

Pero Blancanieves era cada vez más y más hermosa, y cuando tenía siete años de edad era tan brillante como el día, y más encantadora que la reina misma. Un día, cuando la reina fue a mirarse

mirror, it said to her,

en el espejo, éste le dijo,

"You, queen, are lovely, and very beautiful, but Snowdrop is far lovelier than you!"

-Tú, reina, eres encantadora y muy hermosa, ¡pero Blancanieves es mucho más encantadora que tú!

When the queen heard this she became pale with anger and jealousy, and she called one of her servants, saying, "Take Snowdrop away into the middle of the great woods, so that I never see her again." So the servant took her away, but when Snowdrop begged him to spare her life, he took pity on her, and he said, "I won't hurt you, you pretty child." So he left on her own, and although he thought that the wild beasts would

Cuando la reina escuchó esto, se puso pálida de coraje y celos, y llamó a uno de sus sirvientes, diciendo: -Llévate lejos a Blancanieves, tan lejos, en medio de los bosques inmensos, para que yo no la vuelva a ver otra vez. Así que el sirviente se la llevó, pero cuando Blancanieves le suplicó que no la matara, él tuvo piedad, y le dijo:

-No te voy a lastimar, niña

probably tear her apart, it was a great weight off his heart to think that he was not abandoning her but leaving things to chance, and that maybe somebody would find her and save her.

bonita.

Así que la dejó solita, y aunque él pensó que las bestias salvajes probablemente la destrozarían, era un gran alivio para su corazón pensar que no la estaba abandonando, mas estaba dejando las cosas al azar, y que tal vez alguien la encontraría y la salvaría.

Then poor Snowdrop wandered through the woods, terrified, and she heard the wild beasts roaring, but none of them did her any harm. In the evening she found a cottage amongst the hills, and she went inside to rest, as she could go no further. Everything was neat and tidy

Entonces la pobre de Blancanieves caminó sin destino a través de los bosques, aterrorizada, y escuchó las bestias salvajes rugiendo, pero ninguna de estas bestias le hizo daño. Al atardecer, encontró una casita en medio de las colinas y entró a descansar, pues ya

in the cottage: there was a white cloth on the table, and seven little plates, seven little loaves, and seven little glasses full of wine. There were seven knives and forks set out, and against the wall there were seven little beds. She was very hungry, so she picked a little piece off each loaf and had a sip of wine from each glass. After that she thought she would lie down and rest. She tried all the little beds, but one of them was too long, then another was too short, but eventually the seventh bed suited her and she laid down to go to sleep.

no tenía fuerzas para continuar. Dentro de la casita, todo estaba limpio y en su lugar: había un mantel blanco puesto sobre la mesa, y siete platitos pequeños; siete barritas de pan y vasitos llenos de vino. Había siete cuchillos y tenedores acomodados, y cerca de la pared había siete camitas. Ella tenía mucha hambre, así que tomó una pequeña pieza de cada uno de los panes y tomó un traguito de vino de cada uno de los vasos. Después de eso, pensó en acostarse y descansar, probó todas las camitas, pero una de ellas era muy larga, y otra era muy corta, pero eventualmente se dio cuenta que la séptima cama era de su medida y se acostó para dormir.

After a while the owners of the cottage came in. They were seven little dwarfs who lived in the mountains, mining for gold. They lit up their lamps, and they saw immediately that something was wrong. One asked, “Who has been sitting on my chair?" Then the next said, “Who has been eating from my plate?" Another said, “Who has been eating my bread?" The next one said, “Who has been fiddling with my spoon?" Another asked, “Who's been using my fork?" Then the next one said, “Who's been cutting things with my knife?" The last one said, “Who has been drinking my wine?" Then the one who had spoken originally looked around and

Después de un rato los dueños de la casita entraron. Eran siete enanitos que vivían en las montañas y trabajaban en las minas sacando oro. Encendieron sus lámparas, e inmediatamente vieron que algo no estaba bien. Uno de ellos preguntó:

-¿Quién se ha sentado en mi silla?

Y otro dijo:

-¿Quién ha comido de mi plato?

Y otro dijo:

-¿Quién se ha estado comiendo mi pan?

El próximo dijo:

said, “Who's been lying on my bed?" The rest of them came running over, and they all cried out that somebody had been sleeping in his bed. The seventh one saw Snowdrop , and he called all his brothers to come and look. They cried out in astonishment, and brought over their lamps to look at her. They said, “Good heavens! What a lovely child she is!" They were very pleased to see her, and made sure they didn't wake up. The dwarf whose bed she was sleeping in shared a bed with the other dwarfs in turn through the night, an hour at a time.

-¿Quién ha estado jugando con mi cuchara?

Y aún, otro preguntó:

-¿Quién ha usado mi tenedor?

Y entonces el próximo dijo:

-¿Quién ha estado cortando cosas con mi cuchillo?

El último dijo:

-¿Quien ha estado tomándose mi vino?

Entonces, el que había hablado al principio miró alrededor y dijo:

-¿Quién se ha acostado sobre mi cama?

El resto de ellos vinierom corriendo, y todos gritaron

que alguien había estado durmiendo en sus camas. El séptimo miró a Blancanieves, y llamó a todos sus hermanos para que vinieran a ver. Gritaron de asombro, y trajeron sus lámparas para mirarla, diciendo:

-¡Santo cielo! ¡Es una criatura encantadora!

Estaban muy admirados y contentos al verla, y tuvieron cuidado de no despertarla. El enanito quien dueño de la cama, en la cual ella estaba dormida, compartió la cama con cada uno de los otros enanitos para pasar la noche, una hora con cada uno.

In the morning Snowdrop told them everything that had

En la mañana Blancanieves les dijo todo lo que había

happened, and they felt sorry for her, and said that if she would keep house for them, and cook and wash and knit and spin, she could stay with them, and they would look after her. Then they went out to work all day, looking for gold and silver in the mountains. They left Snowdrop at home, and they warned her that the queen would soon find out where she was, so she was to be careful and not let anyone in.

pasado, y ellos sintieron pena por ella, y dijeron que si les limpiaba la casita y les cocinaba y les lavaba y les tejía y les hilaba lana, se podría quedar ahí a vivir con ellos, y ellos la cuidarían, así que se fueron a trabajar todo el día, buscando oro y plata en las montañas. Dejaron a Blancanieves en la casita, y le advirtieron que la reina pronto se daría cuenta donde ella estaba, así que tenía que ser muy cuidadosa y no dejar entrar a nadie.

The queen, thinking that Snowdrop was dead, thought that now she must be the most beautiful lady in the land. She went to her mirror and said,

La reina, pensando que Blancanieves estaba muerta, asumía que ahora ella debía ser la dama más hermosa en el país. Fue hacia su espejo y dijo:

“Mirror, mirror, on the wall, who's the fairest of them all?	*-Espejito, espejito sobre la pared, ¿quién es la más hermosa de todas?*
The mirror answered,	*El espejo le contestó:*
“You, queen, are the most beautiful in this land, but over the hills, by the woods, where the seven dwarfs live, Snowdrop is hiding there, and she is far lovelier than you, Queen!"	*-Tú, reina, eres la más hermosa en esta tierra, ¡pero al cruzar las colinas, entre los bosques, donde viven los siete enanos, ahí se esta escondiendo Blancanieves, y ella es mucho más hermosa que tú, Reina!*
Then the queen was very afraid, because she knew that the mirror always told her the truth, and she was certain that her servant had betrayed her.	*Entonces, la reina tuvo mucho miedo, porque sabía que el espejo siempre le decía la verdad, y tenía la certeza de que el sirviente la*

She couldn't stand the thought that there was anyone alive more beautiful than her, so she dressed up as an old pedlar, and crossed the hills, going to the place where the dwarfs lived. She knocked on the door, crying out, "Good things for sale!" Snowdrop looked out the window, saying, "Hello, good woman! What are you selling?" "I'm selling some fine things," she said, "laces and all colours of thread." "This seems like a good old lady, I'll let her in," Snowdrop thought, running down and unlocking the door. "My goodness!" said the old woman, "look how badly your dress is laced up! Let me retie it with one of my nice new laces." Snowdrop didn't suspect anything wrong, so she stood in front of

había traicionado. No podía soportar la idea de que existía alguien más hermosa que ella, así que se vistió como una limosnera, y atravesó las colinas, dirigiéndose al lugar donde vivián los enanitos. Llegó y tocó a la puerta, gritando:

-¡Cosas muy buenas en venta! Blancanieves miró a través de la ventana, diciendo:

-¡Hola, señora buena! ¿Qué vendes?

Le contestó:

-Vendo cosas muy finas, listones e hilos de todos los colores.

Blancanieves pensó para sí:

-Ella parece ser una viejecita

the old woman, who worked so quickly, and tied the laces so tight, that Snowdrop stopped breathing, and fell down as if she were dead. “That's an end of your beauty," said the spiteful queen, and set off for home.

buena, la voy a dejar entrar, pensó, cuando ya iba corriendo y abriendo la cerradura de la puerta.

Dijo la mujer:

-¡Mira nada más! Mira qué mal puesto está el cordón de tu vestido! Déjame atarlo nuevamente con uno de mis cordones nuevos y finos.

Blancanieves no sospechó nada malo, así que se puso de pie frente a la mujer, quien trabajó muy rápidamente con las manos, y le ató los cordones del vestido tan apretados, que Blancanieves dejó de respirar, y se cayó como si estuviera muerta, a lo que dijo la reina con desdén:

-Este es el fin de tu belleza.

y dicho esto, se regresó a su casa.

In the evening the seven dwarfs came home and you can imagine how upset they were to see their faithful servant Snowdrop lying on the ground as if she were dead. However, they lifted her up, and when they discovered what was wrong with her, they cut the laces. Soon she began to breathe again and came back to life. Then they said, "That old woman was the queen; next time be more careful, and don't let anybody in when we are out."

Al atardecer regresaron los siete enanitos y ya te imaginarás qué alterados estaban al ver que su fiel sirvienta, Blancanieves, yacía sobre el suelo como si estuviera muerta. De cualquier manera, la levantaron, y cuando se dieron cuenta de lo que estaba sucediendo, le cortaron los cordones. Pronto, Blancanieves comenzó a respirar de nuevo y regresó a la vida, entonces ellos dijeron:

-Esa mujer era la reina; la próxima vez sé más cuidadosa, y no dejes entrar a nadie cuando nosotros no

	estemos.
When the queen got home, she went straight to her mirror, and said the same thing to it as she had before, but to her fury it still said,	*Cuando la reina llegó a la casa, se fué derecho al espejo, y le dijo lo mismo que antes, pero para colmo, el espejo todavía le dijo:*
"You, queen, are the most beautiful in this land, but over the hills, by the woods, where the seven dwarfs live, Snowdrop is hiding there, and she is far lovelier than you, Queen!"	*-Tú, reina, eres la más hermosa en este país, pero al cruzar las colinas, entre los bosques, donde viven los siete enanos, ahí se está escondiendoBlancanieves, y ¡ella es mucho más encantadora que tú, Reina!*
Then her blood ran cold with spite and hatred, knowing that Snowdrop was still alive, and she disguised herself again,	*Entonces su sangre corrió fríamente con odio y despecho, sabiendo que Blancanieves aún estaba*

in a new disguise, and picked up a poisoned comb. When she got to the dwarfs' cottage, she knocked on the door and called out, “Good things for sale!" But Snowdrop said, “I mustn't let anybody in." The queen said, “Just look at my beautiful combs!" and handed her the poisoned one. It looked so pretty that she picked it up and put it into her hair to see if it suited, but as soon as it touched her head the poison was so powerful she fell down unconscious. “Now you can lie there," said the queen, and carried on her journey. Luckily the dwarfs came back very early that evening, and as soon as they saw Snowdrop lying on the ground they realised what had happened, and they soon found, and once again they

viva, y nuevamente se disfrazó, ahora de manera diferente, y tomó una peineta envenenada. Cuando llegó a la casita de los enanitos, tocó a la puerta y dijo:

-¡Se venden cosas buenas!

Pero Blancanieves dijo:

-No debo dejar entrar a nadie.

La reina dijo:

-Sólo mira mis hermosas peinetas¡ y le dió la que estaba envenenada. Se veía tan hermosa que ella la tomó y la puso en su pelo para ver cómo se miraba, pero el veneno era tan fuerte, que tan pronto como tocó la cabeza, ella cayó al suelo sin sentido, y la reina dijo:

-Ahora te puedes quedar ahí

warned her not to answer the door to anyone.

tirada.

Después de decir esto, y se retiró. Afortunadamente los enanitos regresaron muy temprano esa tarde, y tan pronto como vieron a Blancanieves tirada en el suelo se dieron cuenta que algo había sucedido, y pronto lo remediaron y otra vez le advirtieron que no contestara a nadie que tocara la puerta.

Meanwhile the queen went home to her mirror, and shook with fury when she was given the same answer as before. She said, "Snowdrop will die, if I have to die to do it." So she went into a room alone, and prepared a poisoned apple. On the outside it looked very red and tasty, but

Mientras tanto, la reina fue a su casa y se dirigió al espejo, y lo sacudió con furia cuando se le dió la misma respuesta de antes, y dijo:

-Blancanieves morirá, aunque yo misma muera en el proceso.

anyone who ate it was certain to die. Then she disguised herself as a peasant's wife, and went over the hills to the dwarfs' cottage, and knocked on the door. Snowdrop looked out of the window and said, "I dare not let anyone in, the dwarfs have told me not to." "Do what you like," said the old woman, "but in any case have this pretty apple; I will give it to you." "No," said Snowdrop, "I dare not." "You silly girl!" the other one replied, "what are you afraid of? Do you think I've poisoned it? Come on! You have one half, and I'll have the other." She had prepared the apple so that one side and was pure and the other side was poisoned. Snowdrop was very tempted to have a taste, because the apple looked so

Así que se fue a un cuarto ella sola, y preparó una manzana envenenada; por fuera, la manzana se veía roja y sabrosa, pero quien quiera que la comiera, por cierto moriría. Entonces se disfrazó como la esposa de un campesino, y atravesó las colinas y llegó a la casa de los enanitos, y tocó a la puerta. Blancanieves miró por la ventana y dijo:

-No me atrevería a dejar entrar a nadie, los enanitos me lo han dicho.

La mujer le dijo:

-Haz lo que quieras, pero en mi canasta tengo esta hermosa manzana; te la daré a ti.

very nice, and when she saw the old woman eating part of it she couldn't wait any longer. But she had hardly got her piece into her mouth when she fell down dead on the ground. “This time nothing can save you," said the queen, and she went back to her mirror, and at last it told her,

Blancanieves contestó:

-No, no me atrevo.

Le contestó la otra:

-¡O niña tonta! ¿de qué tienes miedo? ¿Crees que he envenenado la manzana? ¡Ven! Tú te comes una mitad y yo me comeré la otra.

Ella había preparado la manzana para que un lado no tuviera veneno y la otra mitad sí. Blancanieves estuvo muy tentada para probarla, porque la manzana se veía tan rica, y cuando vio a la mujer comiendo parte de esta, ya no pudo esperar más, pero apenas se estaba poniendo la pieza de manzana en su boca, cuando cayó al suelo muerta.

Le dijo la reina:

-Esta vez nada te salvará,

Yéndose de regreso al espejo, que al fin, este le dijo:

"You, Queen, are the fairest of them all."

-Tú, Reina, eres la más encantadora de todas.

Then her wicked heart was glad, as happy as such an evil heart can be.

-Entonces su corazón malo estaba contento, tan feliz como un corazón perverso pudiera estarlo.

When the evening came, the dwarfs came home and found Snowdrop lying on the ground. She wasn't breathing,

Al caer la tarde, los enanitos regresaron a casa y encontraron a Blancanieves tirada en el suelo. No estaba

and they were certain she was quite dead. They picked her up, and combed her hair, and washed her face in wine and water, but it was all useless, she seemed to be quite dead. So they put her on a pedestal, and all of them watched and mourned for three days, then they thought they should bury her. However, her cheeks were still red, and her face looked exactly the same as when she was alive, so they said, “We won't bury her in the cold ground." So they built a glass coffin, so they could still look at her, and they wrote her name on it in gold letters, and that she was the daughter of the king. They put the coffin out on the hillside, and there was always one of the dwarfs watching over it. All the birds

respirando, y estaban seguros que estaba muerta. La levantaron, peinaron su pelo, le lavaron la cara en vino y agua, pero todo era inútil, definitivamente parecía estar muerta. Así que la pusieron en un pedestal, y todos estuvieron ahí y la lamentaron por tres días. Y pensaron que debían enterrarla. De cualquier manera, sus mejillas todavía estaban rojas, y su cara se veía exactamente como cuando estaba viva, así que dijeron: -No la vamos a enterrar en el suelo frío. De esa manera, construyeron un ataúd de vidrio, para así poder seguirla viendo, y escribieron el nombre de ella sobre el ataúd de vidrio, en letras de oro, y también pusieron que era la hija del

came and mourned for Snowdrop; first there was a bird, now, and then a raven, and then a dove, they all came to sit next to her.

rey. Colocaron el ataúd sobre la colina, y siempre estaba uno de los enanitos cuidándola. Todos los pájaros venían y lamentaban a Blancanieves, primero vino un pajarito, y después un cuervo, y luego una paloma, todos vinieron a sentarse cerca de ella.

So Snowdrop lay like this for a very long time, still looking as if she was just sleeping; she remained as white as snow, as red as blood and as black as ebony. Eventually a prince came and visited the dwarfs' house. He saw Snowdrop, and he read what was written on her coffin. He offered the dwarfs money, and begged them to let him take her away, but they said,

Así que Blancanieves estuvo así por mcho tiempo, y todavía parecía como si estuviese solamente durmiendo; se conservó tan blanca como la nieve, tan roja como la sangre y tan negra como el ébano. Con el tiempo, vino un príncipe y visitó la casita de los enanitos. Vio a Blancanieves, y leyó lo que estaba escrito sobre el ataúd. Les ofreció

"We won't give her up for all the money in the world." However, in the end they took pity on him, and gave him the coffin, but as soon as he picked it up to carry it home, the piece of apple fell from her lips, and Snowdrop woke up and said, "Where am I?" The prince said, "You are quite safe with me."

dinero a los enanitos, y les pidió que le permitieran llevársela lejos de ahí, pero ellos dijeron:

-No la vamos a dejar ir, ni por todo el dinero del mundo.

De cualquier manera, al fin, se compadecieron de él, y le dieron el ataúd, pero tan pronto como él lo levantó para llevárselo a su casa, la pieza de manzana se cayó de sus labios, y Blancanieves despertó y dijo:

-¿Dónde etoy?

El príncipe le contestó:

-Estás bien protegida conmigo.

Then he told her everything

Entonces él le dijo todo lo que

that happened, and said, “I love you better than anything in the world, so come with me to my father's palace, and you will marry me." And Snowdrop agreed and went home with him, and everything was prepared for a wonderful wedding.

había pasado, y añadió:

-Te amo más que cualquier cosa en el mundo, ven conmigo al palacio de mi padre, y te casarás conmigo.

Blancanieves accedió y fue a casa con él, y todo estaba preparado para una boda hermosa.

Amongst the other guests who were asked to the wedding was Snowdrop's old enemy the queen. As she was dressing herself in wonderful clothes, she looked in the mirror and said,

Entre los invitados que estaban presente para atender la boda, estaba la reina, la vieja enemiga de Blancanieves. Cuando la reina se estaba vistiendo con ropa muy hermosa, miró al espejo y dijo,

“Mirror mirror, on the wall,

-Espejito, Espejito, ¿quién es la más encantadora de

who is the fairest of them all?"

todas?

Her mirror answered,

Su espejo le contestó,

"You are the loveliest lady here, I think, but the new queen is lovlier."

-Tú eres la más encantdora dama aquí, yo creo, pero la nueva reina es aún más encantadora.

When she heard this she jumped with fury, but her jealousy and curiosity drove her on, so that she couldn't stop herself going to see the bride. When she arrived, and saw that she was none other than Snowdrop who she thought had been dead for a long time, she choked on her fury and fell down and died. Snowdrop and the prince

Cuando ella escuchó esto, brincó con furia, pero sus celos y su cuiriosidad fueron más fuertes, así que no se pudo contener de ir a ver a la novia. Cuando llegó y vió que no era nadie más que Blancanieves, quien ella creía que había estado muerta desde hace mucho tiempo, se ahogó en su propia furia, cayó y murió. Blancanieves y

lived and ruled happily over the country for many many years. Sometimes they went up to the mountains to visit the little dwarfs, who had been so kind to Snowdrop when she needed them.

el príncipe vivieron y reinaron felizmente sobre el paíz por muchos, muchos años. Algunas veces iban a las montañas a visitar a los enanitos, quienes habían sido tan buenos con Gotita de Nieve cuando ella los necesitó.

THE FROG PRINCE

(EL PRÍNCIPE RANA)

On a pleasant evening a young princess dressed herself in her bonnet and clogs, and went out to walk in the woods on her own. Eventually she came to a cool stream in the middle of the wood, and she sat down for a rest. She was carrying a golden ball, which was her favourite toy. She liked to throw it up into the air and catch it. After a while she threw it so high that she missed the catch when it came back down. The ball

En una tarde placentera, una joven princesa se puso su sombrero y sus zapatos y salió a caminar sola por el bosque, finalmente llegó a un arroyo fresco que estaba en medio del bosque, y ahí se sentó a descansar; llevaba consigo una pelota dorada, la cual era su juguete favorito, le gustaba aventarla al aire y atraparla cuando caía. La pelota brincó lejos, rodó por el suelo y calló al arroyo. La princesa fue a buscarla, pero el arroyo era tan profundo,

bounced away, rolled along the ground and fell into the stream. The princess went to look for it, but the stream was very deep, she couldn't see the bottom of it. She started to moan about her loss, saying, “Alas! If only I could get my ball back, I would exchange it for all my fine clothes and jewels, and everything else I own."

que no podía ver el fondo del mismo. Comenzó a quejarse por haber perdido su pelota, diciendo:

-¡Ay! Si tan solo pudiera recuperar mi pelota, la cambiaría por toda mi ropa fina y mis joyas y todo lo que poseo.

As she spoke, a frog popped his head out of the water, and said, “Princess, why are you crying so sadly?" “Alas!" she said, “what can you do for me, you nasty frog? My golden ball has fallen into this spring." The frog said, “I don't want your pearls or your jewels or your fine clothes, but if you will love me, and let

A medida que hablaba, una rana sacó su cabeza sobre el agua y le dijo:

-Princesa, ¿por qué estás llorando tan tristemente?

Exclamó ella-,

-¡Ay! ¿qué podrías hacer tú por mí, rana sucia? Mi pelota

me live with you and eat with you from your golden plates, and sleep on your bed, I will fetch you your ball back." "What rubbish this silly frog is saying!" the princess thought. "He wouldn't be able to climb out of this spring, let alone come to the castle and see me, but maybe he can get my ball back, so I will tell him he can have everything he's asking for." So she said to the frog, "Well, if you will fetch my ball, I will do everything you want." The frog dived deep down under the water, and after a little while he reappeared with the ball in his mouth. He threw it onto the bank. As soon as the young princess saw the ball, she ran to pick it up. She was so delighted to have it back that she never even thought about

dorada se ha caído dentro del arroyo.

La rana le dijo:

-No quiero tus perlas o tus joyas o tu ropa fina, pero si me amaras, y me permitieras vivir contigo y comer contigo en tus platos de oro y dormir en tu cama, alcanzaría tu pelota y te la regresaría.

La princesa pensó:

-¿Qué barbaridades está diciendo esta rana tonta? La rana no tendría ni siquiera la habilidad de salirse de este arroyo, mucho menos venir al castillo a verme, pero tal vez pudiera alcanzar mi pelota y regresármela, así que le diré que le concederé todo lo que me pidió. De manera que le dijo a la rana:

the frog, but she ran home as fast as she could. The frog shouted after her, “Wait, princess, take me with you like you promised." But she didn't wait to hear anything he said.

-Bien, si me das mi pelota, te daré todo lo que estás pidiendo. La rana se metió a lo más profundo del arroyo, y después de unos momentos, apareció nuevamente y con la pelota en su boca, la tiró a tierra, sobre la orilla del agua. Tan pronto como la princesa vio la pelota, corrió a recogerla. Estaba tan encantada de haberla recuperado, que nunca pensó en la rana, y se fue corriendo tan rápido como pudo a su casa. La rana gritó tras ella:

-¡Espera princesa, llévame contigo como lo prometiste.

Pero ella no esperó a escuchar nada de lo que la rana decía.

The next day, just as the princess was sitting down to dinner, she heard an odd noise, tap tap, splash splash, as if something was coming up the marble staircase. Shortly she heard a gentle knock on the door, and a little voice calling out, saying,

Al día siguiente, al momento que la princesa se estaba sentando a cenar, escuchó un sonido raro, como de pasos de alguien que venía mojado, y venían subiendo la escalera de mármol. Enseguida, escuchó un toquido suave en la puerta, y una vocecita croó diciendo:

"Open the door, my sweet princess, open the door to your true love! Remember what we said to each other, by that cool stream in the shady woods."

-¡Abre la puerta, mi dulce princesa, ábrele la puerta a tu amor verdadero! Recuerda lo que nos prometimos el uno al otro, al lado del arroyo en el bosque.

The princess ran to the door and opened it; she saw the frog, whom she had completely forgotten about. Seeing it she became very frightened, and she slammed

La princesa corrió hacia la puerta y la abrió: ahí vió a la rana, de quien se había olvidado por completo. Al verla, se asustó muchísimo, le dio el portazo en las

the door and went back to her seat. Her father, the king, seeing that she was frightened, asked her what was wrong. She replied, "There is a nasty frog outside who fetched my ball back for me from the stream this morning. I told him that he could live here with me, thinking that he would never be able to climb out of the spring. But he's outside the door, and he wants to come in."

narices y se regresó a sentar. Su padre, el rey, viéndola tan asustada, le preguntó qué sucedía, a lo que ella le contestó:

-Hay una rana cochina ahí afuera que ésta mañana sacó mi pelota del arroyo y me la regresó. Le dije que podría vivir aquí conmigo, pensando que nunca podría salirse del arroyo. Pero aquí está afuera, y quiere entrar.

As she spoke the frog knocked on the door again, saying,

Mientras hablaba, la rana tocaba en la puerta una vez más, diciendo:

"Open the door, my sweet princess, open the door to your true love! Remember what we said to each other,

-¡Abre la puerta, mi dulce princesa, ábrele la puerta a tu amor verdadero! Recuerda lo que nos prometimos el uno al

by that cool stream in the shady woods."

otro, al lado del arroyo en el bosque.

The king said to the young princess, "If you have given him a promise you must keep it; go and let him in." She did as she was told, and the frog hopped into the room and kept straight on– tap, tap, splash, splash– right through the room until he came up to the table where the princess was sitting. "Please put me on the chair," he said to be princess, "and let me sit next to you." As soon as she had done this, the frog said, "Push your plate closer to me, so I can eat from it." She did this, and when he had eaten as much as he could, he said, "I'm tired now; carry me upstairs and put me in your

El rey le dijo a la joven princesa:

-Si tú le has hecho una promesa, debes cumplirla; vé y deja entrar a la rana.

Ella hizo lo que se le mandó, y la rana brincó hacia adentro del cuarto y seguía haciendo ruidos raros con sus pies mojados, hasta que llegó a la mesa donde la princesa estaba sentada. Le dijo a la princesa:

– Por favor pónme en la silla y permíteme sentarme junto a ti.

Tan pronto como ella lo hizo,

bed." And the princess, although she really didn't want to, picked him up, and put him on the pillow of her bed, where he slept throughout the night. As soon as it became night he jumped up, popped downstairs and left the house." “Now," thought the princess, “finally he's gone, and he won't bother me again."

la rana dijo:

-Empuja tu plato más cerca de mi, para que pueda yo comer de ahí.

Ella lo hizo, y cuando la rana había comido hasta quedar llena, dijo:

-Ya estoy cansado, llévame arriba y pónme en tu cama. Y la princesa, aunque no quería hacerlo en realidad, levantó a la rana, y lo colocó sobre la almohada de su cama, donde la rana durmió hasta llegar la noche. Tan pronto como llegó el amanecer la rana brincó, saltó por las escaleras y salió de la casa. La princesa pensó:

-¡Qué bueno, al fin se fué, y no me volverá a molestar.

But she was wrong, for at night time he came and tapped on the door just the same, saying,

Más ella estaba equivocada, pues al llegar la noche, la rana regresó y tocó a la puerta de igual manera, diciendo:

“Open the door, my sweet princess, open the door to your true love! Remember what we said to each other, by that cool stream in the shady woods."

-¡Abre la puerta, mi dulce princesa, ábrele la puerta a tu amor verdadero¡ Recuerda lo que nos prometimos el uno al otro junto al arroyo en el bosque.

When the princess opened the door the frog came in, and he slept on her pillow just as he had before, until morning. And he did the same thing the next night. But when the princess awoke the next morning she was amazed to see that instead of a frog

Cuando la princesa abrió la puerta, la rana entró, y durmió sobre su almohada de la misma manera que ya lo había hecho anteriormente, hasta que llegó la mañana. E hizo lo mismo a la siguiente noche. Pero cuando la princesa despertó a la

there was a handsome prince standing at the head of her bed, looking at her with the most beautiful eyes she had ever seen.

mañana siguiente, estaba asombrada de ver que en lugar de una rana, estaba un príncipe guapísimo parado al pie de su cama, mirándola con los ojos más hermosos que ella jamás hubiese visto.

He told her that a spiteful fairy had cast a spell on him, changing him into a frog, and that he had been forced to live like that until a princess came to take him out of the stream and let him eat from her plate and sleep on her bed for three nights. "You have broken this cruel spell," said the prince, "and now all I want is for you to come with me to my father's kingdom, where I will marry you, and love you for the rest of my

El le contó que una hada horrible le había hecho un encantamiento, convirtiéndolo en una rana, y que lo había forzado a vivir así hasta que una princesa viniera a sacarlo del arroyo y le permitiera comer de su plato y dormir sobre su cama por tres noches. Le dijo el príncipe:

– Tú has roto este encantamiento cruel, y ahora todo lo que deseo es que tú vengas conmigo al reino de mi padre, donde me casaré

life."

contigo y te amaré por el resto de mi vida.

You can be certain that the young princess quickly agreed to this, and as they were speaking a lovely coach drove up, pulled by eight beautiful horses, wearing feather plumes and golden harness. At the back of the coach was faithful Heinrich, the prince's servant, who had been so upset at the spell which had been cast on his master that his heart nearly burst.

Puedes tener la certeza de que la joven princesa accedió muy rápido a esta petición, y al momento que hablaban, una carroza hermosa llegó por ellos, la cual iba siendo tirada por ocho caballos hermosos, que iban vestidos de plumas y arreos dorados. En la parte trasera de la carroza estaba el fiel Enrique, el sirviente del príncipe, quien había estado muy alterado por el encantamiento que le habían hecho a su amo, tan alterado, que casi se le salía el corazón.

Then they said goodbye to

Entonces se despidieron del

the king, and climbed into the eight horse carriage, and set off for the prince's kingdom with great happiness. They got there safely and spent many happy years together.

rey, y subiendo a la carroza de los ocho caballos, partieron muy felices al reino del príncipe. Llegaron con bien y pasaron juntos muchos años felices.

HANSEL AND GRETEL

(HANSEL Y GRETEL)

On the edge of a huge forest lived a poor woodcutter with his wife and two children. The boy was called Hansel and the girl was called Gretel. He didn't have very much to live on, and when a great famine came to the land, he couldn't even provide them with bread. When he thought about it as he lay in bed at night, rolling around with worry, he groaned and said to his wife, "What will happen to us? How are we going to feed our poor

En las orilla de un bosque grandísimo, vivía un leñador muy pobre con su esposa y con sus dos hijos, el niño se llamaba Hansel y la niña Gretel. Este leñador no tenía ahorros, así que cuando vino una escasez en todo el país, no tenía nada para proveer a su familia, ni siquiera para darles un pan qué comer. Una noche cuando ya se había acostado, se daba vueltas de preocupación en la cama pensando acerca de

children, when we don't even have anything for ourselves?" "I'll tell you what, husband," the wife answered, "early tomorrow morning will take the children out into the thickest part of the forest. We will light a fire for them, and give them both one last piece of bread, and then we will go to work and leave them on their own. They won't be able to find their way home, and we will be shot of them." "No, dear," the man said, "I won't do that. How could I leave my children alone in the forest? The wild animals would soon come and kill them." "Oh, you fool!" she said, "if they stay here all of us will die of hunger, and you might as well get the wood ready for our coffins." She kept on at him until he gave in. "But all the

eso, dio un gemido de inquietud y le dijo a su esposa:

-¿Qué pasará con nosotros? ¿Cómo vamos a alimentar a nuestros pobres niños, cuando ni siquiera tenemos algo para nosotros mismos?

Su esposa le contestó:

-Esposo mío, te diré lo que haremos, mañana, muy temprano, llevaremos a los niños a la parte más densa del bosque; vamos a encender una fogata, les daremos a cada uno la última pieza de pan que tenemos, y entonces nos iremos a trabajar y los abandonaremos ahí.

Él replicó:

same, I feel very sorry for the poor children," he said.

– No querida, jamás haría eso. ¿Cómo podría yo dejar a mis niños abandonados en el bosque? los animales salvajes vendrían pronto y los matarían. Pero aún así, -añadió- siento mucha pena por los pobres niñitos.

The children had also been too hungry to sleep, and they heard what their stepmother said to their father. Gretel wept bitterly, and she said to Hansel, "That's the end of us." "Be quiet, Gretel," said Hansel, "don't get upset, I'll soon find a way to help us." When the old people had fallen asleep, he got up, put on his coat, opened the front door and crept outside. The moon was shining brightly,

Los niños también tenían demasiada hambre como para poder dormir, y alcanzaron a escuchar lo que su madrastra le dijo a su padre. Gretel lloró con mucha amargura y le dijo a Hansel:

-¡Esa será nuestra muerte!

Hansel le contestó:

-Encontraré pronto la manera de resolver este problema,

and the white pebbles which lay on the ground in front of the house shone like real silver pennies. Hansel bent down and stuffed as many as he could into the pockets of his coat. Then he went back indoors and said to Gretel, “Don't worry, dear little sister, you can sleep peacefully. God will not abandon us." He also lay down on his bed. When day came, but before sunrise, the woman came and woke the two children up, saying, “Get up, you lazyboneses! We're going into the forest to get wood." She gave both of them a little piece of bread, and said, “That's for your lunch, but don't eat it before then, for that's all there is." Gretel put the bread under her apron, because Hansel's pockets were full of stones.

así que no te preocupes. Cuando los padres se quedaron dormidos, Hansel se levantó, se puso su abrigo, abrió la puerta principal y se salió. La luna brillaba intensamente, y las piedritas blancas que estaban en el suelo afuera de la casa, brillaban de tal manera que parecían moneditas de plata. Hansel se agachó y rellenó la bolsa de su abrigo con tantas piedritas como pudo, entonces se regresó y ya dentro de la casa le dijo a Gretel:

-No te preocupes hermanita, ya puedes dormir tranquila. Dios no nos va a abandonar. El también se volvió a acostar. A la mañana siguiente, pero antes de que amaneciera, vino la mujer y

Then they set out together on the path to the forest. When they had walked for a little while, Hansel stopped and looked back at the house; he did this many times. His father said, “Hansel, why are you lagging behind and looking round? Look lively, and keep walking." “Oh, father," said Hansel, “I'm looking at my little white cat, which is sitting up on the roof and wants to say goodbye to me." The wife said, “You fool, that's not your cat, that's just the morning sun shining on the chimneys." However, Hansel had not really been looking back at the cat; every time he had stopped he had dropped one of the white pebbles out of his pocket onto the path.

despertó a los dos niños diciendo:

-¡Par de flojos, levántense, vamos al bosque a buscar leña!

Le dió a cada uno una pieza pequeña de pan diciéndoles:

-Esto es para su almuerzo y no lo coman antes pues es todo lo que hay.

Gretel guardó el pan debajo de su mandil, porque las bolsas de Hansel estaban llenas de piedritas; entonces partieron juntos por el camino que conducía hacia el bosque. Después de haber caminado un rato, Hansel se detuvo y miró hacia la casa que había quedado atrás, e hizo lo mismo muchas veces. Su padre le dijo:

-Hansel, ¿por qué te estás quedando atrás y vas mirando a la casa? anímate y continúa caminando.

Hansel le contestó:

-O papá, voy mirando a mi gatito blanco, que está sentado sobre el techo y se quiere despedir de mi.

La esposa dijo:

-Eres un tonto, ese no es un gato, es solo el sol de la mañana brillando sobre las chimeneas.

De cualquier manera, Hansel no había estado viendo hacia atrás tratando de mirar su gato realmente, sino que cada vez que se detenía, había dejado caer de su bolsa una de las piedritas blancas

sobre el camino.

When they got to the middle of the forest, the father said, “Now, children, gather some wood, and I will light a fire to keep you warm." As Gretel gathered a big pile of brushwood. This was lit, and when the flames were leaping up high, the woman said, “Now, children, you lie down by the fire and rest, and we will go into the forest and cut some wood. When we have finished, we will come back and fetch you."

Cuando llegaron en medio del bosque, y mientras Gretel apilaba una gran cantidad de ramitas para encender la fogata, el padre dijo:

-Ahora hijos, junten algo de leña, y voy a encender una fogata para que conserven el calor.

La fogata fue encendida, y cuando las llamas estaban saltando muy alto, dijo la mujer:

-Niños, acuéstense a un lado de la fogata y descanse, y nosotros iremos más adentro del bosque a cortar leña, cuando hayamos terminado, regresaremos por ustedes.

Hansel and Gretel sat by the fire, and when it got to midday they each had a little piece of bread. They could hear the sound of axe on wood and they thought their father was quite close. However, it was not his axe, but a branch which he had fastened to a dead tree blowing backwards and forwards in the wind. As they had been waiting such a long time, they became tired, closed their eyes and fell fast asleep. When they finally woke up, it was nighttime. Gretel began to cry, saying, “How will we find our way out of the forest now?" But Hansel comforted her, saying, “Just you wait a little while, until the moon is out, and we will soon find the right path."

Hansel y Gretel se sentaron a un lado de la fogata, y cada uno de ellos se comió su panecito al llegar el mediodía. El sonido de un hacha llegaba hasta ellos y pensaron que su padre se encontraba muy cerca. Pero no era así, pues no era su hacha, mas era una rama que estaba pegada de un árbol seco, la cual estaba moviéndose con el viento hacia atrás y adelante; como ya estaban muy cansados pues habían esperado por muchísimo tiempo, cerraron sus ojos y se quedaron dormidos. Cuando al fin despertaron, ya era de noche. Gretel comenzó a llorar, y decía:

-¿Cómo podremos ahora salir

Once the full moon had risen, Hansel held his little sister's hand, and followed the pebbles which were shining like brand-new silver pennies, and showed them the right path.

del bosque?

Pero Hansel la recomfortaba diciéndole:

-Solo espera un poquito mientras sale la luna, y pronto encontraremos el camino correcto.

Una vez que la luna salió, Hansel tomó la mano de su hermanita, y siguieron el camino por donde brillaban las piedritas como si fueran monedas nuevas de plata, las cuales les iban mostrando el camino correcto a seguir.

They walked throughout the night, and by daybreak they had reached their father's house. They knocked on the door, and when the woman

Hansel y Gretel caminaron toda la noche, y al amanecer, llegaron a la casa de su padre. Tocaron a la puerta y cuando la mujer miró que

answered and saw that it was them, she said, "You naughty children, why did you sleep for so long in the forest? We thought you were never coming back!" However, their father was delighted, for it had broken his heart to have to leave them behind.

eran ellos, dijo:

-¡Niños traviesos! ¿Por qué durmieron tanto tiempo en el bosque? Pero su papá estaba encantado, pues le había partido el corazón dejarlos en el bosque.

Not long after that there was yet another famine in the land, and the children heard their mother saying to their father at nighttime, "Everything has been eaten up, we just have half a loaf left, and that is all. We must get rid of the children, we will take them farther into the woods this time so that they can't find their way back out. There is no other way we can save ourselves!" The man felt

No mucho tiempo después sucedió que hubo otra escaséz en el país, y los niños alcanzaron a escuchar a la mujer en la noche cuando le decía a su padre:

– Toda la comida se ha terminado, solo nos queda una barra de pan y eso es todo. Nos tenemos qué deshacer de los niños; esta vez los llevaremos mucho más lejos en el bosque para

awful, and he thought, "It would be better to share the last mouthful of food with your children." However, the woman wouldn't listen to anything he said, but magnet and criticised him. If someone has already said one thing, then he must say another, and so just as he had given in the first time, he had to do that again.

que no puedan encontrar el camino de regreso. ¡No hay otra manera de salvarnos! El hombre se sintió mucho muy mal y pensó:

-Sería mejor compartir tu última pieza de pan con tus hijosç

Pero la mujer no escuchaba nada de lo que él decía sino que al contrario, lo criticaba. Si alguien decía una cosa, él debía decir otra, y de la misma manera que se había dado por rendido la primera vez, tendría que hacerlo nuevamente.

However, the children were still awake and heard what they said. When the old people were asleep, Hansel

De cualquier manera, los niños todavía estaban despiertos y alcanzaron a escuchar lo que decían, y

got up once again and went to go and pick up pebbles as he had before. However, the woman had locked the door, and Hansel could not get out. Despite this he comforted his little sister, saying, “Don't cry, Gretel, you go to sleep quietly, God is good and will look after us."

cuando los adultos se quedaron dormidos, Hansel se levantó una vez más para recoger tantas piedritas como lo había hecho anteriormente, pero la mujer le puso el cerrojo a la puerta y Hansel no pudo salir. Aún así, Hansel recomfortaba a su hermanita diciéndole:

-No llores, Grete, puedes dormir tranquila, Dios es bueno y nos va a cuidar.

The woman came early in the morning, and got the children out of bed. They were given a piece of bread, but it was even smaller than the previous piece. On the way to the forest Hansel crumbled his bread up in his pocket, and he often stopped and

La mujer vino temprano en la mañana, y levantó a los niños; se les dió a cada uno una pequeña pieza de pan, pero era aún más pequeña que la pieza que se les había dado anteriormente. Hansel hizo migajas el pan dentro de su bolsillo, y continuamente

dropped a piece on the ground. “Hansel, why do you keep stopping and looking back?" his father asked, “keep moving." “I'm looking back at my little pigeon; it's sitting on the roof, and wants to say goodbye," Hansel answered. “You fool!" said the woman, “that's not your little pigeon, that's the morning sun shining on the chimney." However, Hansel managed, bit by bit, to drop all the crumbs on the path.

se detenía y tiraba una migaja sobre el suelo, mientras caminaban hacia el bosque. Su padre le dijo:

-Hansel, ¿por qué te detienes continuamente y miras hacia atrás? Camina.

Hansel le contestó:

-Estoy mirando a mi pequeña paloma; está sentada en la azotea, y quiere despedirse de mi.

La mujer le dijo:

-Tonto, esa no es una paloma, es el sol de la mañana brillando sobre la chimenea.

The woman led the children even deeper into the forest,

La mujer llevó a los niños aún más adentro del bosque que

further in than they had ever been in their lives. Then once again they built a great big fire, and their mother said, "Just you sit there, children, and when you're tired you can sleep. We are going to cut wood in the forest, and in the evening, when we have finished, we will come and get you." When midday came, Gretel shared her piece of bread with Hansel, because he had dropped all of his on the way. Then they fell asleep through the evening, but nobody came to fetch the poor children. They didn't wake up until it was completely night, and Hansel reassured his little sister, saying, "Just wait, Gretel, until the moon comes up, and then we will see the crumbs of bread which I dropped, they

la primera vez, tan adentro como nunca en sus vidas lo habían estado. Prendieron una gran fogata de nuevo, y la madre les dijo:

-Siéntense aquí niños, y ya cuando estén cansados, se pueden dormir; nosotros vamos a cortar leña en el bosque, y al atardecer, cuando hayamos terminado, vendremos a recogerlos.

Al llegar el mediodía, Gretel compartió su piececita de pan con Hansel, puesto que él había tirado el suyo completamente en el camino. Entonces se quedaron dormidos toda la noche, y Hansel ayudaba a su hermanita a que se sintiera segura y le decía:

-Gretel, sé paciente, ya verás

will show us the way home." When the moon came out they set off, but they couldn't find any crumbs, for all of the birds which fly around the woods and fields had eaten them. Hansel said to Gretel, "We'll soon find the path," but they didn't. They walked all through the night and all the next day from morning to evening, but they couldn't get out of the forest, and they were very hungry, because there was nothing to eat but a few berries which they found growing on the ground. They were so tired that their legs wouldn't carry them any farther, so they lay down underneath the tree and went to sleep.

que cuando salga la luna salga, vamos a poder ver las migajas de pan que dejé caer en el camino, y nos mostrarán la manera de volver a casa. Cuando la luna salió comenzaron a caminar, pero no pudieron encontrar ninguna migaja, ya que los pájaros que vuelan por los campos y bosque ya se las habían comido. Hansel le dijo a Gretel:

-Ya encontraremos el camino.

Pero no fue así, pues caminaron toda la noche y todo el dá siguiente, pero no podían salir del bosque, y ya tenían mucha hambre, pues no había nada qué comer, con excepción de unas fresas que encontraron a lo largo del camino creciendo en el suelo. Estaban tan cansados que

sus piernas ya no tenían más fuerzas, así que se acostaron debajo de un árbol y se quedaron dormidos.

It was now the third morning since they had left their father's house. They started walking again, but they just got deeper and deeper into the forest, and if they didn't find any help soon they were bound to die of hunger and fatigue. When it got to midday, they noticed a beautiful snowy white bird sitting on a branch, which sang so wonderfully that they stopped and listened. When it finished its song, it spread its wings and flew ahead of them. They followed it until they got to a little house, where it landed on the roof.

"Nibble, nibble, chew, who's that nibbling at my little house?"

Esta era ya la tercera mañana después de que Hansel y Gretel habían salido de la casa de su padre. Comenzaron a caminar nuevamente pero sólo iban a lo más y más profundo del bosque y si no encontraban ayuda pronto, podrían morir de fatiga y de hambre. Al llegar el mediodía, notaron que un pájaro blanco, tan blanco como la nieve estaba posado sobre una rama y cantaba tan hermosamente

As they came up to the little house they saw that it was built of bread and covered with cakes, and the windows were made of clear sugar. "We will get going on that," said Hansel, "and we shall have a good feed. I will eat some of the roof, and you, Gretel, can eat some of the window, that'll be nice and sweet." Hansel reached up and broke off a little piece of the roof to see what it tasted like, and Gretel leaned on the window and nibbled at the glass. Then a soft voice called from inside,

que se detuvieron a escucharle. Cuando el pájaro terminó de cantar, abrió sus alas y voló delante de ellos. Lo siguieron hasta que llegaron a una casita, y ahí, el pájaro se posó sobre el techo. A medida que se acercaban a la casita, se dieron cuenta de que estaba construída de pan y cubierta con pastelillos y las ventanas estaban hechas de azúcar transparente.

Hansel dijo:

-Vamos a seguir hasta llegar ahí, y vamos comer tanto, que quedaremos llenos, yo me comeré algo del techo, y tú te puedes comer una ventana, estará dulce y sabrosa Gretel. Hansel extendió su mano y arrancó un pedacito de techo para ver a qué sabía, mientras Gretel

se inclinaba a la ventana y mordisqueaba el vidrio. Entonces, escucharon una voz suave que venía desde adentro y preguntaba:

-Mordisquear, mordisquear, masticar, ¿quién está mordisqueando mi casita?

The children answered, “It's just the wind, the wind from heaven," and carried on eating without being disturbed. Hansel, who enjoyed the taste of the roof, tore off an enormous piece of it, and Gretel pushed out the whole of one round windowpane, and started enjoying herself. Suddenly the door opened, and an ancient woman, walking on crutches, came creeping out. Hansel

Contestaron los niños:

-Es solamente el viento, el viento que viene del cielo; y continuaron comiendo sin preocuparse.

Hansel, quien disfrutaba el sabor del techo, cortó un pedazo enorme del mismo, mientras Gretel empujó todo un lado del cristal de una ventana, y comenzó a disfrutar muchísimo. De

and Gretel were so terrified that they dropped what they were holding. However, the old woman nodded her head, and said, "Oh, you dear children, who brought you here? Do come in, and stay with me. Nothing bad will happen to you." She took them both by the hand, and led them into her little house. Lots of good food was put in front of them, milk and pancakes, with sugar, apples and nuts. Afterwards they were given a pair of pretty little beds with clean white sheets, and Hansel and Gretel lay down in them and thought they were in heaven.

pronto, la puerta se abrió, y una mujer muy anciana, caminando sobre muletas, se acercó como podía. Hansel y Gretel estaban tan aterrorizados que se les cayó todo lo que estaban deteniendo en sus manos. De cualquier manera, la mujer movió su cabeza y dijo:

-O, queridos niños, ¿quién los trajo hasta aquí? ...vengan y quédense aquí conmigo. Nada malo les va a suceder.

Los tomó de la mano y los llevó adentro de la casita. Les puso mucha comida muy sabrosa frente a ellos, leche y crepés, con azucar, manzanas y nueces. Después de eso, les dio un par de camas muy bonitas con sábanas blancas muy limpias, y Hansel y Gretel se

acostaron y pensaban que estaban en la gloria.

The old woman was only pretending that she was kind; really she was a wicked witch who had built her little house of bread in order to catch any passing children. When she got hold of a child, she would kill it, cook it and eat it, and that was a day of feasting for her. Witches have red eyes, and can't see very far, but they can smell as well as animals, and they know when human beings are about. When Hansel and Gretel came into her neighbourhood, she laughed evilly and said, “Now I've got them, they won't escape again!" Early in the morning, before the children woke up, she had already got

La vieja sólo estaba pretendiendo que era buena, pero en realidad, era una bruja mala que había construído la casita de pan con el propósito de cazar niños que iban pasando. Cuando agarraba un niño, lo mataba, lo cocinaba y se lo comía y ese era un día de banquete para ella. Las brujas tienen los ojos rojos, y no pueden ver muy lejos, pero pueden oler tan bien como los animales, así que saben cuando un humano están cerca. Cuando Hansel y Gretel vinieron cerca de su casa y dijo:

-¡Ya los atrapé y no se

up. Seeing both of them sleeping and looking so pretty, with their cheeks plump and red, she muttered to herself, “That will be a lovely mouthful!" Then she grabbed Hansel with her withered old hand, dragged him to the little stable, and locked him in behind an iron door. He could scream as much as he wanted, nothing could help him. Then she went and found Gretel, shook her until she woke up, and shouted, “Get up, lazybones, go and fetch some water and cook something for your brother. He's in the stable outside, and I want to fatten him up. Once he's fat, I shall eat him." Gretel began to weep bitterly, but it was all in vain, and she had to do what the wicked witch ordered.

escaparán de nuevo!

Muy temprano en la mañana, antes de que los niñosd despertaran, ella ya se había levantado. Viéndolos qué bonitos se veían al dormir, con sus mejillas regordetas y rojas, murmuró para sí misma:

-¡Eso sería un bocado encantador! Entonces agarró a Hansel con su mano vieja y reseca, y lo arrastró hasta el pequeño establo, cerrando tras él una puerta de hierro. Ahí, él podría gritar tanto como quisiera, nada lo podía escuchar. Entonces fue nuevamente hacia Gretel, la sacudió hasta que despertó, y le gritó:

-Levántate, floja, ve y busca agua y cocina algo para tu

hermano, está en el establo ahí afuera, pues lo quiero engordar. Ya que engorde, me lo voy a comer.

Gretel comenzó a llorar amargadamente, pero todo fue en vano, y tenía qué hacer lo que la bruja mala le ordenaba.

So now all this food was cooked for poor Hansel, with Gretel getting nothing except crab shells. Every morning the woman would creep into the little stable, and call out, “Hansel, hold out your finger, so I can see if you are getting fat." However, Hansel would hold out a little piece of bone to her, and the old woman, who couldn't see well, thought it was his finger, and was

Así que ahora toda esta comida era para el pobre de Hansel, cuando Gretel no tenía nada excepto cascarones de cangrejo. Cada mañana la mujer se asomaba al pequeño establo y gritaba:

-Hansel, saca tu dedo, pues quiero ver si estás engordando.

amazed that he didn't seem to be getting any fatter. When and months had passed, and Hansel was still thin, she became impatient and wouldn't wait any longer. “Now then, Gretel," she shouted to the girl, “get moving, and bring some water. Whether Hansel is fat or thin, tomorrow I shall kill him and Cook him." How upset the poor little sister was fetching water, how much she cried! “Dear God, do help us," she cried out, “at least if we had been eaten by wild beasts in the forest we would have died together." “Keep quiet," said the old woman, “moaning won't help you."

Pero Hansel le enseñaba una piecesita de hueso, y la vieja, quien no podía ver muy bien, pensaba que era su dedo, y se asombraba de que Hansel no estuviera engordando. Y cuando los meses habían pasado y Hansel todavía estaba muy delgadito, ella se impacientó mucho y ya no quiso esperar más tiempo. Le gritaba a Gretel:

-Gretel, muévete y traeme agua, no importa que Hansel esté flaco o gordo, mañana lo mataré y lo cocinaré. ¡Hansel estaba tan alterada, y lloró tanto...! Clamando a Dios, gritó:

- Querido Dios, ayúdanos, al menos si nos hubieran comido las bestias en el bosque hubiéramos muerto

juntos.

La mujer le dijo:

-Cállate, pues el quejarte no te ayudará.

Early in the morning, Gretel had to go out and hang up the cauldron full of water, and light the fire under it. “First we will do some baking," said the old woman, “I've already prepared the dough and heated the oven." She pushed poor Gretel outside to where the oven was, with flames already coming from it. “You creep in," said the witch, “and see if it's hot enough, so that we can put the bread in to bake." She was planning to get Gretel inside and then to shut the oven and bake her in

Gretel tenía qué ir muy temprano en la mañana, y colgar la olla llena de agua para hervirla, y prenderle fuego, dijo la bruja:

-Primero hornearemos, ya preparé la masa y calenté el horno.

Entonces empujó a la pobre de Gretel afuera donde estaba el horno, con las flamas ya muy altas. La bruja le dijo:

-Métete y fíjate si ya está lo suficientemente caliente para

it, so she could eat her as well. But Gretel saw what she was planning, and said, "I don't know how to do that, how can I get in?" "You silly girl," said the old woman, "the door is plenty big enough, look, even I can climb in!" and she crept up and stuck her head into the oven. Then Gretel gave her a shove that pushed her into it, and closed the iron door, fastening the bolt. She began to scream horribly, but Gretel ran away, and the wicked witch died a miserable death.

poner pan a hornear. Ella ya estaba planeando meter a Gretel al horno y luego cerrarlo y hornearla, para así poder comérsela también. Pero Gretel vió lo que estaba planeando y dijo:

-Yo no sé cómo hacer eso, ¿cómo me podría meter?

La vieja le dijo:

-Chiquilla tonta, la puerta está lo suficientemente grande, mira, aún yo misma quepo ahí, y se subió y metió la cabeza dentro del horno. Entonces Gretel le dió un empujón para aventarla hasta adentro, y cerró la puerta de hierro, aségurandola inmediatamente, mientras la vieja comenzaba a gritar horriblemente, pero Gretel corrió, y la bruja mala tuvo

una muerte terrible.

Gretel ran as fast as she could to Hansel, and opened his little stable door, crying out, "Hansel, we have been saved! The old witch is dead!" Hansel rushed out like a bird whose cage door has been opened. How they celebrated, hugging and dancing about and kissing each other! Because they no longer needed to be frightened of her, they went into the witch's house, and they found chests full of pearls and jewels in every corner. "These are much better than pebbles!" said Hansel, and filled his pockets to the brim. Gretel said, "I will take some home with me as well," and filled up her pinafore. "But now we

Gretel corrió hasta donde estaba Hansel, tan rápido como pudo, abrió la puerta del pequeño establo, gritando:

-¡Hansel, hemos sido salvados! ¡La vieja bruja está muerta! Hansel salió tan rápido como si fuera un pájaro al que le abren la puerta de su jaula. Se abrazaron y bailaron y se dieron un beso en la mejilla para celebrar! Celebrar que ya no tenían qué tener miedo de la bruja, se metieron dentro de su casa y encontraron velices en cada esquina, llenos de perlas y joyas. Hansel dijo:

must leave," said Hansel, “we have to get out of this witch's forest."

-¡Esto está mucho mejor que las piedritas blancas!

Mientras decía esto, llenaba sus bolsillos hasta el tope. Gretel le dijo, mientras llenaba su mandilito:

-Yo también voy a llevarme algunas a la casa.

Hansel dijo:

Pero anora debeos irnos, debemos salir del bosque de esta bruja.

When they had walked for a couple of hours, they came across a wide stretch of water. “We can't cross this," said Hansel, “I can't see a plank or bridge." “There isn't a ferry either," Gretel answered,

Después de que se fueron y habían caminado por un par de horas, llegaron a una parte muy ancha del arroyo y Hansel dijo:

-No podemos cruzarlo, no veo

"but look, here comes a white duck; if I asked her, maybe she will help us cross. She called out,

"Little duck, little duck, can you see, Hansel and Gretel are waiting for you? There is no plank or bridge to help us, so please let us cross on your lovely white back."

ni un tablón o puente.

Gretel añadió:

-Tampoco hay un transbordador, pero mira, ahí viene un pato blanco, si se lo pido, probablemente nos ayudará a cruzar; así que lo llamó así:

-Patito, patito, ¿puedes ver que Hansel y Gretel te están esperando? No hay un tablón ni un puente para que podamos pasar, por favor déjanos cruzar sobre tu hermosa espalda blanca.

The duck swam over to them, and Hansel sat on its back, and told his sister to sit next to him. "No," Gretel replied, "together we will be too heavy

El pato nadó hasta donde estaban ellos, y Hansel se sentó sobre su espalda, y le dijo a su hermana que se sentara junto a él pero Gretel

for this little duck; you go across, and I'll follow afterwards." The good little duck brought them both across, and once they were safely on the other side and had walked for a little while, they thought that the forest seemed to be more and more familiar, and eventually they saw their father's house in the distance. Then they started to run, rushed into the parlour, and hugged their father. The man had been totally miserable since he had left the children in the forest, and the woman had died. Gretel emptied her pinafore until pearls and precious stones rolled all round the room, and Hansel threw handfuls of jewels from his pocket as well. Then all their troubles came to an end, and they

replicó:

-No, los dos juntos vamos a estar muy pesados para este pobre patito, cruza tú primero y enseguida yo te seguiré.

El pobre y buen patito los atravesó a ambos, y una vez que estaban seguros del otro lado del arroyo y que habían caminado por un rato, tuvieron la impresión de que el bosque cada vez se veía mucho más familiar, y eventualmente vieron la casa de su padre en la distancia, entonces empezaron a correr, llegaron de prisa a la sala de espera y abrazaron a su padre. El hombre había estado totalmente en un estado de miseria desde que los había dejado en el bosque, y la mujer se murió. Gretel vació el mandilito hasta

lived together, perfectly happy. That's the end of my story, look, there's a mouse running there; if anyone can catch it, he can make himself a big fur cap from it.

que las perlas y las piedras preciosas rodaron todas alrededor del cuarto, y Hansel también sacaba montones de joyas de sus bolsillos. Entonces se terminaron todos sus problemas, y vivieron juntos, perfectamente felices. Este es el fin de mi cuento, mira, ahí va un ratón corriendo, si alguien lo puede agarrar, puede hacerse un gorro de su piel.

RAPUNZEL

Once upon a time there was a couple who had been wanting a child for a long time, but had no luck. Eventually the woman did become pregnant, and they were about to get what they wanted. At the back of their house there was a little window through which they could see a splendid garden, which was full of wonderful flowers and herbs. However, it was surrounded by a high wall, and nobody

Había una vez una pareja que había deseado tener un bebé por mucho tiempo, pero no habían tenido suerte al respecto. Pero con el tiempo, la mujer quedó embarazada y estaban a punto de conseguir lo que tanto deseaban. En la parte trasera de su casa había una ventanita por la cual se podía ver un jardín esplendoroso que estaba lleno de flores maravillosasy de todo tipo de hierba, pero

dared to go inside; it belonged to a witch, who was very powerful, and everybody was frightened of her. One day the woman was standing by this window and looking at the garden, and she saw a flower bed which contained very beautiful rampion, which is sometimes called rapunzel. It looked so fresh and green that she felt desperate to have some, it was almost a physical pain, and she began to look pale and miserable. Her husband was worried, and asked her,

estaba rodeado de una muro alto y nadie se atrevía a entrar, pertenecía a una bruja que tenía muchos poderes y todos le tenían mucho miedo. Un día, la mujer estaba cerca de esta ventanita y mirando hacia el jardín y vió un área donde estaban plantadas unas flores de campanillas, a las cuales algunas veces se les da el nombre de rapunzel. Se veían tan verdes y frescas que sintió desesperación por el deseo de tener algunas, era tan fuerte el deseo que el dolor se sentía casi físicamente y ella comenzó a verse pálida e infeliz. Su esposo estaba preocupado y le preguntó:

"What's wrong with you, my dear wife?"

-¿Qué es lo que te sucede, mi amor?

She answered,

"If I can't eat some of that rampion growing in the garden behind the house, I will die.

Her husband loved her, and he thought that he couldn't let his wife die, so he would have to get some of the rampion himself, whatever it cost. At twilight he climbed over the wall into the witch's garden, grabbed a handful of the plant and took it back to his wife. She immediately made a salad out of it, and wolfed the lot. It tasted so wonderful that the next day she wanted it three times more than she had before. If her husband wanted a quiet life, he was going to have to go back and

Ella le contestó:

-Si no puedo comer de esas campanillas que están creciendo en el jardín detrás de nuestra casa, me voy a morir.

Su esposo la amaba y pensó que no la podía dejar morir, así que él mismo tendría que ir a conseguir las flores, a cualquier precio. A la caída del crepúsculo, se brincó al jardín de la bruja, tomó un puñado de las flores y se las llevó a su esposa, quien inmediatamente preparó una ensalada con ellas y se las atragantó. Estaban tan exquisitas, que al día siguiente ya las deseaba tres veces más de lo que las deseaba anteriormente. Si su esposo no quería que lo

get some more. So when evening came he climbed into the garden again, but when he had got over the wall he was terribly frightened, because he saw the witch standing in front of him.

molestara, tendría que regresar al jardín a traerle más. Así que al llegar la noche volvió a brincarse al jardín, pero cuando llegó a la pared para cruzarla, estaba terriblemente asustado pues vio a la bruja parada frente a él, quien mirándolo, le dijo furiosa:

"How dare you," she said, looking furious, "climb into my garden and steal my rampion, you thief? You will be punished for this!"

-¡Ratero! ¿Cómo te atreves a brincarte a mi jardín y robarte mis campanillas? ¡Por esto, te castigaré!

He answered,

El le contestó:

"Please be merciful, I only did this because I had to. My wife saw the rampion from her window, and was so desperate for it that she would have died if she hadn't got some."

-Por favor, ten piedad de mi, lo hice solo porque tuve qué hacerlo. Mi esposa vio las campanillas desde su ventana y estaba tan desesperada por comerlas que si no lo hacía, se hubiera muerto.

This made the witch less angry, and she said to him,

Esta explicación le bajó un poco el coraje a la bruja, y le dijo:

"If that's true, I'll let you take away as much rampion as you want; but there is one condition, when your wife has a child you must bring it to me. I will look after it well, I will be like a mother to it."

-Si esto que dices es cierto, te voy a dejar que te lleves todas las campanillas que quieras, pero bajo una condición: Cuando tu esposa tenga un bebé, deberás traérmelo. Yo lo voy a cuidar muy bien, y seré como una madre para él.

Terrified, the man agreed to everything, and when the woman gave birth, the witch appeared immediately, called the child Rapunzel, and took it away.

El hombre, aterrorizado, estuvo de acuerdo con todo, y cuando la mujer dio a luz, la bruja apareció inmediatamente, nombró a la bebé Rapunzel, y se la llevó.

Rapunzel grew into the most beautiful child on earth. When she was twelve, the witch locked her up in a tower in the

Rapunzel creció, y se convirtió en la niña más hermosa de toda la tierra. Cuando tenía doce años, la bruja la encerró en una torre

middle of a forest, which didn't have stairs or door, only a little window right at the top. When the witch wanted to go inside, she would stand underneath and call,

en medio de un bosque, y esta torre no tenía escaleras ni puerta, solamente una ventanita en lo más alto de la torre. Cuando la bruja quería ir adentro, se paraba abajo y gritaba:

"Rapunzel, Rapunzel, lower your hair to me."

-Rapunze, Rapunzel, deja tu pelo caer.

Rapunzel had wonderful long hair, which was like threads of gold, and when she heard the witch she would loosen her hair, wrap it round one of the hooks by the window, and her hair would fall down two hundred feet, and the witch would climb up it.

Rapunzel tenía un pelo largo muy hermoso, como si fueran hilos de oro, y cuando ella escuchaba gritar a la bruja, se soltaba el pelo, lo enredaba en uno de los ganchos que estaba junto a la ventana, y su pelo caía como 180 metros hacia abajo, y la bruja subía.

After a couple of years, the son of a king happened to be riding in the forest and passed by the tower. He heard a song which was so lovely that

Después que habían pasado dos años, el hijo del rey casualmente pasó por la torre mientras cabalgaba, y escuchó una canción tan

he stopped and listened. It was Rapunzel, who spent her lonely life singing beautifully. The prince wanted to climb up to her, and tried to find a door but there wasn't one. He rode home, but the singing had affected him so deeply that he went to the forest every day to hear it. Once he was standing behind a tree and he saw the witch come and heard her call out,

hermosa que se detuvo a escuchar; era Rapunzel, quien pasaba su vida solitaria cantando hermosamente. El príncipe quería subir a verla y trató de encontrar una puerta, pero no encontró ninguna. Se regresó a su casa, pero el canto lo había afectado tan profundamente, que iba al bosque todos los días para escucharla. Un día, él estaba parado detrás de un árbol cuando vió llegar a la bruja quien gritaba:

"Rapunzel, Rapunzel, let down your hair."

-Rapunzel, Rapunzel, deja tu pelo caer.

Rapunzel lowered her hair, and the witch climbed up it.

Rapunzel dejó caer su pelo, y la bruja subío por ahí. El príncipe dijo:

"If that's the way you climb up, I'll do it," the prince said, and the next day when it got

-Si esta es la manera que tú subes, yo también lo haré.

dark he went to the tower and called out,

"Rapunzel, Rapunzel, let down your hair."

At once the hair fell down and the prince climbed up.

To begin with Rapunzel was terrified by seeing a man who was like nobody she had ever seen, but he talked to her as if he were a friend, and he told her he had been so moved by her singing that he had to see her. Then Rapunzel was no longer frightened, and when he asked if she would marry him, she thought how young and handsome he was and that he would love her more than Gothel, the witch, and so

Y al día siguiente, cuando obscureció, fué a la torre y gritó:

-Rapunzel, Rapunzel, deja tu pelo caer.

Inmediatamente calló el pelo de Rapunzel y el príncipe subió.

Para comenzar, Rapunzel estaba aterrorizada de ver a un hombre, pues ella nunca había visto a ninguno antes; pero él le habló de manera cordial, como un amigo, y le dijo que había estado tan profundamente afectado con su canto, que tenía que verla. Entonces Rapunzel ya no tenía miedo, y cuando él le pidió que se casara con él, ella pensó en lo joven y guapo que era y cómo la

she agreed and took his hand. She said,

amaría más que Tothel, la bruja, así que aceptó y lo tomó de la mano; ella le dijo:

"I will gladly leave with you, but I don't know how to escape. Bring a hank of silk each time you come, and I will weave it into a ladder. When it's ready I'll climb down and you can take me away on your horse."

-Con mucho gusto me iría contigo, pero no sé cómo escapar, trae una madeja de seda cada vez que vengas, y la voy a tejer en forma de escalera; cuando la escalera esté lista, voy a bajar y me podrás llevar en tu caballo.

They agreed that until then he would come every evening, because the old witch came during the day. The witch knew nothing about the business, until one day Rapunzel said to her,

Ambos estuvieron de acuerdo en que hasta que ese momento llegara, él vendría cada noche, porque la vieja bruja venía durante el día. La bruja no sabía nada de esto, hasta que un día Rapunzel le dijo:

"Tell me, Dame Gothel, why you are heavier to pull up than the prince – he'll be

-Dime, Dama Gothel, ¿por qué estás tú más pesada que el príncipe? El va a venir en poco tiempo.

here shortly."

La bruja le gritó:

"Ah, you wicked child," the witch cried, "what are you saying! I thought I'd kept you apart from all the world, but you have deceived me!"

-O muchacha perversa, ¿que es lo que estás diciendo? ¡Pensé que te mantendría apartada de todo el mundo, pero me has engañado!

Furious, she grabbed Rapunzel's lovely hair, wrapped it round her hand, grabbed a pair of scissors and the lovely hair was lying on the ground. She was so merciless that she took Rapunzel off to a desert where she lived a sad, miserable life.

La bruja tomó el hermoso pelo de Rapunzel y enojadísima, agarró unas tijeras y el pelo hermoso estaba tirado sobre el suelo, ella no tenía piedad y se llevó a Rapunzel a un desierto donde vivía una vida muy triste e infeliz.

On the same day that she exiled Rapunzel the witch tied the hair she cut off to the hook by the window, and when the prince came and called out,

El mismo día que ella se llevó a Rapunzel, la bruja amarró del gancho que estaba en la ventana, el pelo que le había cortado, y lo dejó caer cuando el príncipe vino y gritó:

"Rapunzel, Rapunzel, lower your hair," she lowered the hair.

-Rapunzel, Rapunzel, deja tu pelo caer.

The king's son climbed up, but instead of the lovely Rapunzel he found the witch, glaring furiously at him.

El hijo del rey subió, pero en lugar de la hermosa Rapunzel, encontró la bruja, mirándolo muy enojada, y gritó imitándolo:

"Aha!" she cried, mocking him, "you want your love, but the lovely singing bird has flown; this cat has caught her and will scratch out your eyes as well. You have lost Rapunzel, you'll never see her again."

-Con que sí, quieres tu amor, pero el encantador pajarito cantante ha volado; este gato la ha atrapado y te sacará los ojos también. Has perdido a Rapunzel, y nunca jamás la volverás a ver.

The prince was overcome with pain, and in despair he jumped from the tower. He survived the fall, but he fell into a thorn bush and the thorns went into his eyes. He roamed through the forest, quite blind, living on roots and

El príncipe estaba tan agobiado por el dolor, y en la desesperación, brincó de la torre; sobrevivió la caída, pero cayó en un arbusto espinozo y las espinas se le metieron a los ojos; él vagaba a través del bosque, estaba ciego, y vivía de raíces de

berries, doing nothing except sorrowing for the loss of his dearest wife. So he wandered miserably for years, until eventually he came to the desert where Rapunzel was living a miserable life with the twins, boy and girl, she had given birth to. He heard a voice, and thought he knew it; when he came close Rapunzel recognised him and hugged him, crying. Her tears fell on his eyes and they cleared so that he could see again. He took her back to his kingdom, where everyone was delighted to see them and they lived long and happy lives.

plantas y bayas, sin hacer nada más que lamentarse por la pérdida de su amada esposa. Así anduvo por años el príncipe, muy infeliz, hasta que con el tiempo, llegó al desierto donde estaba Rapunzel viviendo una vida infeliz también, con los gemelos, niño y niña, los cuales había dado a luz. El príncipe escuchó una voz, y creyó reconocerla; cuando se acercó Rapunzel lo reconoció y lo abrazó, y lloraba; sus lágrimas cayeron sobre los ojos de él y los limpiaron de tal manera que pudo ver de nuevo. El se la llevó a su reino, donde todo el mundo estaba encantado de verlos y vivieron vidas muy largas y felices.

RUMPELSTILTSKIN

In a faraway country, next to a wood, there was a fine stream of water, and there was a mill on the stream. The miller had his house close by, and he had a very beautiful daughter. She was also very cunning and clever, and the miller was so proud of her that one day he told the king of the country, he used to come hunting in the wood, that his daughter could spin straw into gold.

En un país lejano, cerca de un bosque, había una corriente de agua muy linda, y ahí había un molino. El molinero tenía su casa muy cerca, y tenía una hija muy hermosa, quien era astuta e ingeniosa, y el molinero estaba tan orgulloso de ella, que un día le dijo al rey del país, (pues le gustaba venir a cazar en el bosque) que su hija podía girar paja

This king liked money very much, and when he heard what the miller said his greed made him very interested. He sent for the girl, ordering that she be brought to him. Then he took her to a room in his palace where he had put a great heap of straw. He gave her a spinning wheel, saying, “If you want to live, you must turn all of this into gold before morning comes." It was useless for the poor girl to say that it was just a silly boast from her father, and that she couldn't possibly turn straw into gold: the door of the room was locked, and she was left alone.

convirtiéndola a oro. A este rey le gustaba mucho el dinero, y cuando escuchó lo que el molinero dijo, su avaricia hizo que se interesara mucho; mandó traer a la chica, ordenando que la acercaran a él. Entonces la llevó a un cuarto en su palacio donde había puesto una pila de paja, le dió una rueca grande, diciéndole:

-Si quieres vivir, debes convertir todo esto en oro antes de que llegue el amanecer.

Era inútil que la chica dijera que era solo un tonto alardeo de su padre, y que no era posible que ella convirtiera paja en oro, la puerta del cuarto estaba cerrada bajo llave y la habían dejado sola.

She sat down in a corner, crying over her terrible luck, when suddenly the door opened, and a funny looking little chap limped in, saying, “Hello to you, my girl, what's making you cry?" “Alas!" she said, “I have to spin all this straw into gold, and I don't know how to do it." “What will you give me," said the hobgoblin, “if I do it for you?" “I'll give you my necklace," the girl answered. He took her word for it, and he sat down at the spinning wheel, whistling and singing,

“Round and round you go, now you see! Round and round, straw into gold!"

Se sentó en una esquina, llorando por su mala suerte, cuando de pronto la puerta se abrió y un hombrecillo de extraña apariencia entró cojeando y decía:

-Hola, mi jovencita, por qué lloras?

Ella contestó:

-Por desgracia, tengo qué hilar toda esta paja y convertirla en oro, y no sé como hacerlo.

El enano le preguntó:

-Qué me darás si yo lo hago por ti?

La doncella le contestó:

-Te daré mi collar.

Él le tomó la palabra, y se sentó a girar la rueca, silbando y cantanto:

-¡Vuelta y vuelta vas, ya ves! ¡Vuelta y vuelta, oro es!

The wheel span away merrily, and very soon all the straw had been spun into gold.

La rueca giró alegremente, y pronto toda la paja estaba hilada en oro.

When the king came and saw this, he was amazed and delighted, but he got even more greedy, and he shut the poor girl up again with a new lot of straw to work on. Then she didn't know what to do, and she sat down crying once again. Soon the dwarf appeared again at the door, saying, "What will you give

Cuando vino el rey y vio esto, estaba asombrado y encantado, pero su avaricia creció más, y encerró a la pobre niña de nuevo con un nuevo montón de paja para que trabajara, entonces ella no sabía qué hacer, y una vez más, se sentó a llorar. Pronto, el enano apareció en la puerta nuevamente,

me if I do your job?" "You can have this ring," she said. So her little friends took the ring, and began to spin the wheel again, whistling and singing,

diciendo:

-¿Qué me darás si hago tu trabajo?

Le dijo ella:

-Te puedo dar este anillo.

"Round and round you go, now you see! Round and round, straw into gold!"

Así que su amigito tomó el anillo, y comenzó a girar la rueca nuevamente, silbando y cantando:

-¡Vuelta y vuelta vas, ya ves! ¡Vuelta y vuelta, oro es!

And by morning it was all finished.

Y al llegar el alba, ya había terminado.

The king was ecstatic to see all the gold, but he still didn't have enough. He led the girl

El rey estaba fascinado de ver todo ese oro, pero aún no tenía suficiente. Llevó a la

to an even larger pile of straw, saying, “You must spin all this into gold tonight, and if you do, I shall marry you." As soon as she was alone yet again the dwarf appeared to her again and asked her: ¨Do you want me to work for you again?” “I haven't anything left to give," she said. “In that case, promise me that you will give me the first child you have when you become queen," said the little man. “That can never happen," the girl thought, but as she could not think of any other way to get the job done, she said she would do as he asked. The wheel spun round again to the same old song, and the little goblin span the heap into gold once again. The king came to see her in the morning, and finding that she had done all

joven a un cuarto repleto de paja, diciendo:

-Debes hilar todo esto hasta convertirlo en oro esta noche, y si lo haces, me casaré contigo.

Tan pronto como estuvo sola la joven, llegó nuevamente el enano y le preguntó: -¿Quieres que trabaje para ti otra vez?

Ella le contestó:

-Ya no tengo nada qué darte.

El hombrecillo le replicó:

-En ese caso, prómeteme que me darás el primer niño que tengas cuando seas reina.

Pensó la muchacha para sus adentros:

he wanted he was forced to keep his word; so he married the miller's daughter, and she became queen.

– Eso nunca podría suceder.

Pero no se le ocurría ninguna otra manera que pudiera hacer el trabajo, así que le dijo que haría lo que se le pedía. La rueca giró nuevamente mientras se escuchaba la misma canción, y el pequeño enano hiló la paja hasta convertirla en oro nuevamente. Por la mañana el rey vino a ver a la doncella, y al ver que había hecho todo lo que él quería, se vió forzado a cumplir su palabra, así que se casó con la hija del molinero, y ella se convirtió en reina.

When she had her first baby she was delighted, and forgot about the dwarf, and what she had promised. But one day he

Cuando la reina tuvo su primer bebé estaba encantada, y se olvidó por completo del enano, y lo que

came to her room, where she was playing with her baby, and reminded her of it. She was very upset, and said that she would give him all the riches of the kingdom if he would let her off, but it was useless. Eventually he took some pity on her tears, and said, "I'll give you three days, if you can tell me what my name is before they're up, you can keep your child."

ella le había prometido. Pero un día, él llegó al cuarto y la encontró jugando con su bebé, y le recordó su promesa; ella estaba muy alterada, y le dijó que le daría todas las riquezas del reino si pasaba por alto aquella promesa, pero era inútil. Poco a poco el enano se compadeció de sus lágrimas y le dijo:

-Te daré tres días, si tu adivinas cuál es mi nombre antes de esos tres días, puedes conservar tu niño.

The queen lay awake all night, thinking of every old name she had ever heard, and shall send out messengers to every part of the country to bring her new

La reina se acostó pero no pudo dormir toda la noche, pensando en cada nombre que había escuchado, y mandaría mensajeros a cada parte del país para traer

ones. The next day the little man came, and she tried Timothy, Ichabod, Benjamin and Jeremiah, and all the other names she could remember, but to every single one he replied, “Madam, that is not my name."

nuevos nombres. Al día siguiente el hombrecillo regresó, y ella nombró a Timoteo, Ikabod, Benjamin y Jeremías, y todos los nombres que podía recordar, pero a cada uno él replicaba:

-Señora, ese no es mi nombre.

The next day she tried all the comic names she could think of, Bandy-Legs, Hunchback, Crookshanks and so on, but still the little man replied to every one, “Madam, that is not my name."

Al día siguiente ella probó todo tipo de nombres cómicos que se le ocurrían, Piernas de Liga; Jorobado; Ratero de Chuletas; y seguía y seguía, pero aún el hombrecillo recplicó a cada uno: -Señora, ese no es mi nombre.

On the third day one of the messengers returned, saying,

Al tercer día, uno de los mensajeros regresó diciendo:

"I travelled for the first two days without hearing any new names, but yesterday, as I was climbing up a high hill, in the trees of the great forest, I saw a little hut. In front of the heart there was a fire, and a funny little dwarf was dancing jig around the fire, singing,

"I shall have a merry feast. Today I will brew some beer, tomorrow I shall bake; I shall dance and sing happily, because tomorrow there'll be a new person here. That lady doesn't have any idea that my name is Rumpelstiltskin!

-Durante los dos primeos días de mi viaje no escuché ningún nombre nuevo, pero ayer, mientras escalaba una colina muy alta, en medio de los árboles del inmenso bosque, vi una choza pequeña. Frente a la chiminea había una fogata y un duende danzaba y brincaba alrededor de la fogata mientras cantaba:

-¡Tendré un gran festín.

Hoy cerveza tomaré,

Mañana hornearé,

Bailaré y contento cantaré

Y mañana el niño estará aquí

Esta dama no tiene idea de que mi nombre

Es Rumpelstiltskin!

The queen was delighted when she heard this, as soon as her little friend came to see her as she sat down on her throne, and summoned all her court to enjoy the fun. The nurse stood next to her holding the baby, as if she were ready to hand it over. Little man began to giggle, thinking of having the poor child with him in his heart in the woods, and he cried, “Now, lady, what is my name?" “Is it John?" she asked. “No, madam!" “Is it Tom?" “No, madam !" “Is it Jemmy!" “It is not." “Is it possible that your name is Rumpelstiltskin?" the lady said cunningly. “Some witch

La reina estaba encantada cuando lo escuchó, y tan pronto como su amiguito vino a verla, ella se sentó en el trono, y llamó a toda su corte para divertirse. La enfermera estaba de pie junto a ella deteniendo al bebé, como si estuviera lista para entregarlo. El hombrecillo comenzó a reírse, pensando que iba a tener al pobre niño con él en la fogata en el bosque, y gritó:

-Muy bien, dama, ¿cómo me llamo?

A lo que la reina contestó preguntando:

-¿Es Juan?

told you that! You were told by some witch!" the little man cried out, and he stamped so hard on the floor that his right foot went right through it, and he had to pull it out with both hands.

– ¡No mi dama!

-¿Es Tomás?

-¡No mi dama!

-¿Es Jaime? – No, no lo es.

Entonces, la reina le preguntó astutamente:

-¿Será posible que tu nombre sea Rumpelstiltskin?

El hombrecillo estaba furioso y gritaba:

-¡Alguna bruja te lo dijo! ¡Eso solo te lo dijo una bruja! gritaba, dio una patada tan fuerte sobre el suelo, que su pie derecho se hundió y atravesó el suelo, y lo tuvo qué jalar con las dos manos.

Then he hobbled off as best as he could, with the nurse laughing at him. then the baby chuckling, and the whole court sneering at him for having made so much effort for nothing, and saying, “A very good morning to you, and happy holidays, Mr Rumpelstiltskin!"

Entonces empezó a cojear, y la enfermera se reía de él mmientras el bebé también se reía entre dientes, y toda la corte se burlaba de él por haber hecho tanto esfuerzo por nada, y le decían: -¡Que tenga muy buenos días y felices fiestas, señor Rumpelstiltskin!

THE FISHERMAN AND HIS WIFE

(EL PESCADOR Y SU MUJER)

Once upon a time a fisherman lived with his wife in a pigsty, near the seaside. He used to go fishing all day long, and one day, as he was sitting on the shore with his rod, watching his fishing line in the sparkling waves, his float was suddenly pulled far away into the water. When he pulled it up he found that he had caught an enormous fish. But the fish said, "Please, let me live! I'm not really a fish, I'm a prince who is under a spell.

Había una vez un pescador que vivía con su mujer en una choza junto al mar. El acostumbraba ir al mar a pescar todo el día, y un día, mientras estaba sentado en la costa con su caña de pescar, mirando su línea de pesca en las aguas luminosas, de pronto, su hilo fue jalada dentro del agua. Cuando lo sacó se dió cuenta de que había pescado un inmenso rodaballo. Pero el pescado le

Put me back in the water, let me go!" “Aha!" said the fisherman, “you don't need to make so much fuss about it, I certainly won't do anything with a fish that can talk. Off you go so, swim away, quickly!" So he put him back in the water and the fish shot down to the bottom, leaving bloodstained water behind him.

dijo:

-Por favor, ¡déjame vivir! En realidad, no soy un pescado, soy un príncipe que está bajo un encantamiento. ¡Régresame al agua, déjame ir!

Le dijo el Pescador:

-¡Con que sí! No necesitas hacer tanto escándalo por eso, de verdad que no haré nada a un pescado que puede hablar. ¡Así que vete, nada lejos, rápidamente¡

Así que lo regresó de nuevo al agua y el pescado nadó inmediatamente hasta el fondo, dejando manchas de sangre en el agua.

The fisherman went back to the pigsty and told his wife how he had caught an enormous fish, which had told him that it was a prince under a spell, and that he had set it free when he heard it speak. “Didn't you ask it for anything?" said the wife, “we are living here in a horrid dirty pigsty, we have rotten life; go back and find the fish and tell it we want a nice little cottage.

El pescador se regresó a la choza y le platicó a su esposa cómo había atrapado un enorme pescado rodaballo que le dijo que era un príncipe encantado, y cómo él lo había dejado escapar cuando lo escuchó habar. La esposa le preguntó: ¿No le pediste nada? Vivimos en una horrible y mugrosa choza; tenemos una vida miserable; ve y búscalo de nuevo, hasta que le digas que nos conceda lo que queremos, una cabaña bonita."

The fisherman wasn't very keen on this, but he went back to the seashore, where the water was all yellow and green. He stood at the edge of the water and called out,

¡El pescador no estaba muy emocionado con esto, pero regresó a la orilla del mar, donde el agua estaba ahora amarilla y verde. Se paró ala orilla del agua y gritó,

"Oh you man in the sea! Listen to me! My wife Isabill wants to have her own way, and she has sent me to ask you a favour!"

-¡O tú, hombre del mar¡ ¡Escúchame! Mi esposa Isabel quiere tener lo que se le antoja, y me enviado a pedirte un favor!

The fish came swimming up, saying, "Well, what does she want? What does your wife want?" The fisherman said, "She says that when I caught you, I should have asked you for something before I set you free. She doesn't like living in the pigsty, and she wants a comfortable little cottage." "Go home, then," the fish said, "she already has her cottage!" So the fisherman went back home, and found his wife standing in the doorway of a lovely little cottage. "Come in, come in!"

El pescado llegó nadando diciendo,

-¿Qué es lo que quiere? ¿Qué quiere tu esposa?

El pescador le contestó:

-Dice que cuando te atrapé, debería haberte pedido algo antes de haberte dejado ir. Ella no quiere vivir en la choza, y quiere una cabaña bonita y cómoda.

El pescado le contestó: -Ve a casa entonces, ¡ella ya tiene su cabaña!

she said. “Isn't this much better than that filthy pigsty where we lived before?" They had a sitting room, bedroom and kitchen, and there was a little garden behind the cottage which had all sorts of flowers and fruits; behind that there was a courtyard which was full of ducks and chickens. “Aha!" the fisherman said, “what a happy life we will have now!" “At least we will try to have one," his wife said.

Así que el pescador se regresó a casa, y encontró a su esposa parada a la puerta de una cabañita encantadora y gritaba:

– ¡Ven, ven, pasa! ¿No es esto mucho mejor que la mugrosa choza donde vivíamos antes? Ahora tenían una sala de espera, una recámara y cocina, y había un jardincito detrás de la cabaña el cual tenía todo tipo de flores y frutas; y aún detrás del jardincito había un patio lleno de patos y gallinas.

El Pescador dijo:

-¡O, qué vida tan feliz tendremos ahora!

Y ella le contestó:

-Al menos trataremos de

tener vida.

Everything was fine for a couple of weeks, but then this lady, Ilsabill said, “Husband, there isn't nearly enough room for us in this cottage; the courtyard and the garden are much too small. I want a big stone castle to live in; go back to the fish and tell him we want a castle." “Wife," the fisherman said, “I don't want to go back to him, it might make him angry. We should be satisfied with having this pretty little cottage. " “Nonsense!" the wife said, “I'm sure that he would be very pleased to do it, you go and ask him!"

Todo estuvo muy bien por un par de semanas, pero entonces esta mujer, Isabel, dijo:

-Esposo mío, en esta cabaña, ni siquiera hay espacio para nosotros; el patio y el jardín son mucho muy pequeños. Quiero un castillo para vivir ahí, así que regresa con el pescado y dile que queremos un castillo.

– El pescador le dijo:

-Esposa, yo no quiero regresar con él, lo podría hacer enojar. Debemos estar satisfechos con tener esta hermosa cabañita.

La esposa contestó:

¡De ninguna manera! ¡Estoy segura de que él estará muy complacido en concedértelo, ve y pídeselo!

The fisherman did as he was told, but he was very reluctant When he got to the sea it looked blue and gloomy, although it was very calm. He went up to the waterline and called,

El pescador hizo lo que la mujer le dijo, pero estaba muy vacilante en hacerlo. Cuando llegó al mar ya no era azul y verde, ahora se veía azul y muy obscuro, aunque estaba muy calmado. Se dirigió a la orilla del mar y gritó:

"Oh man of the sea! Listen to me! My wife Ilsabill wants to have her own way, and she has sent me to ask you another favour!"

-¡O hombre del agua ¡Mi esposa Isabel quiere salirse con la suya, y me ha enviado a que te pida otro favor!

"Well, what is it she wants

-Bueno, ¿y qué es lo que

now?" the fish asked when it appeared. The man answered sadly, “My wife wants a stone castle to live in." “Well, go home," the fish said, “she's already there at the gates of her castle." So the fisherman went home again, and discovered his wife standing by the gate of a great castle. “Look," she said, “isn't it wonderful?" They entered the castle together, and they found that there were many servants there, and the rooms were richly decorated, full of golden chairs and tables. There was a garden behind the castle, and it was surrounded by a park half a mile wide, full of sheep and goats and hares and deer. In the courtyard there were stables and barns for the cows. “Well," the man said,

quiere ahora?

Le dijo el pescado cuando apareció.

El Hombre le contestó muy triste:

-Mi esposa quiere un castillo de piedra para vivir ahí.

Le dijo el pescado: -Bien, vete a casa, ya está ahí al cancel de un gran castillo.

Ella le dijo: ¿No es esto maravilloso?

Entraron al castillo juntos, y encontraron muchos sirvientes adentro, y los cuartos estaban decorados esplendorosamente, llenos de sillas y mesas doradas. Había un jardín detrás del castillo, y estaba rodeado por un parque que medía casi un

"we can have a really wonderful life in this beautiful castle for the rest of our lives." "Maybe we will," his wife said, "but let's sleep on it before we say we are certain of that." So they went to bed.

kilómetro de ancho, lleno de ovejas, chivas, liebres y venados. En el patio de atrás habíaestablo y graneros.

El pescador dijo:

-Bueno, podemos tene una vida realmente maravillosa por el resto de nuestras vidas en este hermoso castillo.

Su esposa contestó:

-Tal vez, pero vamos a ver antes de afirmar que estamos seguros de eso, y se fueron a dormir.

When this lady Ilsabill woke up the next morning it was bright daylight, and she nudged the fisherman with her elbow, saying, "Husband, get up and get moving, I want

Cuando esta dama Isabel despertó a la mañana siguiente cuando ya estaba claro el día, y empujó a su esposo con el codo

us to the rulers of this land." "O my wife," the man said, "why do we want to rule the land? I won't be king." "Then I will," she said. "But, wife," the fisherman said, "how could you be the king, the fish can't turn you into a king." "Husband," she said, "stop talking about it, go and try! I want to be king." So the man went away, very upset at the fact that his wife wanted to be king. This time the sea was dark grey, and it was very rough. He called out,

diciéndole:

-Esposo, levántate y muévete, quiero que seamos los gobernantes de este país.

El hombre le dijo:

-O esposa mía, ¿por qué querríamos ser los gobernantes de la tierra? Yo no seré rey, y el pescado no te puede convertir en un rey a ti.

Ella replicó:

-¡Esposo, deja de estar hablando, ve y prueba, quiero ser rey!

Así que el hombre se fue, muy enojado por el heco de que su esposa quería sería rey. Esta vez el mar era de un color gris obscuro, y tenía olas grandes y peligrosas, y

gritó:

“O man of the sea! Listen to me! My wife Ilsabill wants her own way, and she has sent me to ask you a favour!"

-¡O hombre del mar! ¡Escúchame! Mi esposa Isabel quiere salirse con la suya, y ella me ha enviado para pedirte un favor!

“Well, what is it she wants now?" asked the fish. “Alas, my wife has decided she wants to be king." said the poor man. “Go home," said the fish; “she is already king."

El pescado preguntó:

-¿Qué es lo que quiere ahora?

Y el pobre hombre contestó:

– Imagínate, mi esposa ha decidido que quiere ser rey.

El pescado dijo:

-Ve a casa, ya es rey.

So the fisherman went back home, and as he got close to the palace he saw a troop of soldiers, and heard drums and trumpets playing. When he went inside he saw his wife sitting on a gold and diamond throne, wearing a golden crown. On each side of her there were six beautiful girls, each one a head taller than the next. “Well, wife," the fisherman said, “are you King now?" “Yes," she said, “I am the King." He stared at her for a long time, and he then said, “Ah, wife! How wonderful it is to be king! Now we won't have to wish for anything else as long as we live." “I don't know about that," she said, “never is a long time. It's true that I'm King, but I'm getting tired of that already, and I think I would like to be

El pescador se regresó a su casa y a medida que se acercaba al palacio, vió una tropa de soldados, y escuchó tocando tambores y trompetas. Cuando se dirigió hacia adentro, vio a su esposa sentada sobre un trono de diamante y oro, con una corona sobre su cabeza. A cada lado había seis chicas hermosas, cada una más alta que a la que le seguía. El pescador dijo:

-Muy bien esposa, ¿Eres ya Rey?

Ella contestó:

-Sí, soy Rey.

El la observó por un largo rato, y le dijo:

-¡O querida esposa, qué

emperor." "Oh dear, wife! Why do you want to be emperor?" the fisherman said. "Husband," she said, "go and see the fish! I'm telling you I want to be the emperor." "Dear me, wife!" replied the fisherman, "I'm sure the fish can't turn you into an emperor, and I don't want to ask him." Ilsabill replied, "I am the King, and you're my slave; go and do as I say right now!"

maravilloso es ser rey! Ahora, por el resto de nuestras vidas, no tendremos nada más qué desear.

Ella contesto: -No estoy muy segura de eso, "nunca" es un tiempo muy largo es cierto que soy Rey, pero ya me estoy cansando de eso, y yo creo que me gustaría ser emperador.

El pescador le dijo:

-¡O querida esposa! ¿Por qué quieres ser emperador?

Dijo ella:

-Esposo, ve a ver al pescado, ¡te digo que quiero ser emperador!

Replicó el pescador:

-¡No puede ser, esposa!

Estoy seguro que el pesado no te puede convertir en un emperador y yo no se lo quiero pedir.

A esto, Isabel le replicó:

-Yo soy Rey, y tú eres mi esclavo, ve ahora mismo y haz lo que te digo!

So the fisherman was forced go along, and as he went he muttered to himself, “No good will come of this, this is asking too much. The fish will be fed up with me, and we will be sorry for having asked for so much." Soon he reached the seashore. The water was black and muddy, and there was a great storm blowing over it. He went as close to the shoreline as he could, and

Así que e pescador fue forzado a ir, y a medida que se acercaba, murmuraba entre dientes:

-Nada bueno va a resultar de esto, ya es pedir demasiado. El pescado debe de estar cansado de mi y vamos a estar arrepentidos por pedir tanto. Pronto, llegó a la orilla del mar, el agua estaba negra y enlodada, y había una gran

called out,

"O man the sea! Listen to me! My wife Ilsabill wants her own way, and she has sent me to ask you a favour!"

tormenta en todo alrededor. Se acdercó tanto como pudo a la orilla del mar, y grito:

¡O hombre del mar! ¡Escúchame, mi esposa Isabel quiere salirse con la suya, y me ha mandado a pedirte un favor!

"Now what does she want?" asked the fish. The fisherman told him, "now she wants to be emperor." "Go home," said the fish, "she is already emperor."

El pescado preguntó:

-¿Qué es lo que quiere ahora?

El pescador le dijo:

-Ahora quiere ser emperador.

El pescado contestó:

-Ya es emperador.

So off he went home again, and as he came close the castle he saw that his wife was sitting on a very great throne made of solid gold, with a huge crown on her head which was at least six feet high. She had her guards and her followers standing each side of her, arranged by order of heights, from the biggest giant down to a little dwarf who was no bigger than my finger. In front of her there were princes, dukes and earls. The fisherman went up to her and said, “My wife, are you the emperor now?" “Yes," she said, “I am the emperor." The fisherman looked at her and said, “Ah, how wonderful to be the emperor!" “Husband," she said, “why should we stop here? Now I want to be pope." “Come on now, wife!" he said, “how can you be pope? There is only ever a single pope at a time for all of Christianity." “Husband," she said, “I want to be pope, right now." “But," her husband answered, “the fish can't turn you into a pope." “Rubbish!" she said, “if he can turn me into an emperor, he can turn me into a pope: you go and ask him."

Así que el pescador se regresó a casa nuevamente, y a medida que se acecaba al castillo, vio que su esposa estaba sentada sobre un trono grandioso hecho de oro puro, con una corona inmensa sobre su cabeza, la cual era al menos seis pies de alto. Tenía sus guardias y sus seguidores de pie a cada lado, ordenado por altura, del gigante más alto hasta el enanito más pequeño, tan pequeño, que no era más grande que mi dedo. Frente a ella había princípes, duques, y condes.

El pescador se acercó a ella y dijo:

-Esposa mía, eres ya emperador?

Ella dijo:

-Si, soy el emperador.

El pescador la miró y dijó:

-¡O qué maravilloso ser emperador.

Ella dijo:

-¿Por qué detenernos aquí?

Ahora quiero ser el Papa.

El le dijo:

-¡Por favor, esposa! ¿Cómo podrías ser Papa? Existe solo un Papa a la vez para todo el Cristianismo.

Ella dijo:

-Esposo, quiero ser Papa en este momento.

El le contestó:

-El pescado no te puede convertir en un Papa.

Ella contestó:

-¡Basura! Si me puede convertir en un emperador, me puede convertir en Papa, tú ve y pídeselo.

So the fisherman went back to the shore. But when he got there there was a gale blowing and the sea was terribly disturbed. Ships were in trouble, and were rolling around in the waves. In the middle of the sky there was a little patch of blue, but away to the south the sky was all red, as if a dreadful storm was coming. When he saw this the fisherman was terribly frightened, and he shook so that his knees knocked together. However, he still approached the shoreline, and called out,

"O man of the sea! Listen to me! My wife Ilsabill wants her own way, and she has sent me to ask you a favour!"

Así que el pescador regresó de nuevo a la orilla del mar. Pero cuando llegó ahí había un vendaval soplando y el mar estaba terriblemente perturbado. Los barcos ya tenían muchcos problemas, y se balanceaban sobre las olas. En medio del cielo había un pequeño espacio azul, pero el cielo hacia el sur estaba todo rojo, como si una tormenta terrible viniera. Cuando el pescador vio esto, estaba terriblemente asustado, y temblaba tanto que sus rodillas se golpeaban la una a la otra. De cualquier manera, todavía se acercó a la orilla del mar y gritó:

-¡O hombre del mar¡ ¡Escúchame! ¡Mi esposa Isabel se quiere salir con la suya, y me ha enviado a pedirte un favor!

"Now what does she want?" asked the fish. The fisherman replied, "She wants to be pope." "Go home," the fish replied, "she is already pope."

El pescado preguntó:

-¿Qué quiere ahora?

El pescador contestó:

-Quiere ser Papa.

El pescado entonces replicó:

-Vete a casa, ya es Papa.

So back the fisherman went again, and he found his wife sitting on a throne two miles high. She had three enormous crowns on her head, and she had all the servants of the Church all around her. Each side of her there were rows of burning lights, the biggest one the size of the tallest tower on earth, and the smallest no bigger than the tiniest candle. "Wife," said the fisherman, looking at all these magnificent things, "are you pope?" "Yes," she replied, "I am pope." He answered, "Well, isn't it wonderful to be pope? Now you must calm down, for there is no greater thing for you to be." "I will have to consider that, " his wife replied. Then they went to bed, but the lady could not sleep, she spent the whole night thinking what she should be next. At last, just as she was dozing off, morning came and the sun rose. "Aha!" she thought, waking up and looking at it through the window, "with all my powers I can't stop the sun from rising." This made her extremely angry, and she woke her husband up, saying, "Husband, go and find the fish and tell him I must have the given power over the sun and moon." The fisherman was still half asleep, but the thought of what she was saying frightened him so much that he jumped and fell out of bed. "Oh dear, wife!" he said, "can't you be satisfied with being pope?" "No," she said, "I can't be happy as long as the sun and moon rise without my permission. Go and find the fish!"

Así que ahí se fue el pescador de regreso, y encontró a su esposa sentada sobre un trono dos millas de alto. Tenía tres coronas enormes sobre su cabeza y tenía a todos los servidores de la iglesia alrededor de ella. A cada lado, había líneas de veladoreas encendidas, la más grande era de la medida de la torre más alta que había sobre la tierra, y la más corta, no era mayor que la vela más chiquitita. Mirando todas estas cosas magníficas, el pescador dijo:

-Esposa, ¿eres Papa?

ella replico:

-Si, soy Papa.

El le dijo:

-Bueno, ¿no es maravilloso ser Papa? Ahora sí te debes de calmar, pues ya no habría nada más grandioso que ser Papa.

La esposa contestó:

-Voy a tener qué considerar eso.

Entones se fueron a dormir, pero la esposa no podía dormir, pasó toda la noche pensando lo próximo que sería. Apenas comenzaba a cabecear, cuando llegó la mañana y salió el sol y dijo, mientras despertaba y miraba por la ventana:

-¡Ya lo tengo! -Aún con todos mis poderes, no puedo detener al sol para que no salga. Esto la hizo que se enojara muchísimo, y despertó a su esposo y le dijo:

-Esposo, ve y busca al pescado y dile que quiero tener poder sobre el sol y la luna.

El pescador, aún estaba medio dormido, pero la idea de lo que ella estaba diciendo lo aterrorizó tanto, que brincó y se cayó de la cama, y dijo:

-¡O querida esposa! ¿Qué no estás satisfecha siendo Papa?

Ella dijo:

-No, no puedo ser feliz mientras el sol y la luna salgan sin mi permiso. ¡Ve y busca al pescado!

The fisherman went back to the shore, shaking with fear. When he got there there was a terrible storm blowing, shaking the trees and rocks. The sky was full of black storm clouds, and lightning was flashing and thunder crashing. In the sea there were enormous black waves like mountains, with great crowns of white foam on their heads. The fisherman crept up to the shore, and called out as best he could,

"O man of the sea! Listen to me! My wife Ilsabill wants her own way, and she sent me to ask you a favour!"

El pescador fue de regreso a la orilla del mar, temblando de miedo, y cuando llegó ahí había una tormenta terrible, sacudiendo los árboles y las piedras. El cielo estaba completamente negro de nubes de tormenta, y había rayos y truenos golpeando por todos lados. En el mar había olas tan enormes como las montañas, con coronas grandes de espuma sobre sus cabezas. El pescador se arrastró a la orilla, y gritó lo más fuerte que pudo:

-¡O hombre del mar! ¡Escúchame! Mi esposa Isabel quiere salirse con la suya, y me ha enviado a pedirte un favor!

"Now what does she want?" said the fish. "Aha!" he said, "she wants to have power over the sun and the moon." "Go home," said the fish, "go back to your pigsty."

El pescado preguntó:

-¿Qué quiere ahora? ¡Ya lo sé! Quiere tener poder sobre el sol y la luna. Ve a casa, vete a tu pocilga.

And that is where they are living today.

Y es ahí donde ellos viven todavía.

LITTLE RED-CAP (ALSO KNOWN AS LITTLE RED RIDING HOOD)

(CAPERUCITA ROJA)

Once upon a time there was a sweet little girl whom everybody who saw her loved. Most of all her grandmother loved her, and she would have done anything for the girl. One time he gave her a little red velvet cap, which looked so good on her that she wore it all the time, and everyone called her, "Little Red-Cap."

Había una vez una niña muy dulce y todos los que la veían la amaban, su abuelita la amaba mucho más que todos y hubiera hecho cualquier cosa por la niña. Una vez le dio a la niña una capita de terciopelo rojo, que se le veía tan bien, que la usaba todo el tiempo, y todos la llamaban `Caperucita Roja´.

One day her mother called her and said, “Here Little Red-Cap, your grandmother is ill and weak and this cake and wine will be god for her. Go out before it gets hot, and be careful as you go along so you don’t fall and break the bottle, or your grandmother won’t get anything. When you go into her room, make sure you say good morning and don’t go poking all round her room before you do it.”

Un día su mamá la llamó y le dijo:

-Caperucita Roja, ten, tu abuelita está enferma y débil y este pastel y vino le van a hacer muy bien, vete antes de que caliente el sol, y ten mucho cuidado en el camino para que no te caigas y rompas la botella. Si no eres cuidadosa, tu abuelita no recibirá nada. Cuando llegues a su cuarto, le dices buenos días y no andes tocando todo en su cuarto antes de que saludes.

“I’ll make sure,” Little Red-Cap promised to her mother.

Caperucita Roja le prometió a su mamá:

-Así lo haré.

Her grandmother lived in the woods, some way from the village, and just as Little Red-Cap went into the wood she came across a wolf. She didn't know how wicked he was, so she wasn't afraid of him at all.	*Su abuelita vivía en el bosque, un poco lejos del pueblo, y tan pronto Caperucita Roja entró al bosque, se cruzó con un lobo. Ella no sabía que tan malvado era, así que no le tenía nada de miedo.*
"Hello there, Little Red-Cap," he said.	*El lobo le dijo:* *-Hola Caperucita Roja.*
"Hello to you, wolf," she replied.	*Caperucita contestó: -Hola lobo.*
"Where are you off to so early, Little Red-Cap?"	*-¿A dónde vas tan temprano, Caperucita Roja?*

"I'm going to see my grandmother."	*-Voy a ver a mi abuelita.*
"What's that in your apron?"	*-¿Qué es eso que tienes en tu mandil?*
"Cake and wine; yesterday was baking day, so my poor ill grandmother is going to have some good things to get her strength up."	*-Pastel y vino; ayer fue día de hornear, así que mi pobrecita abuelita que está enferma va a recibir cosas buenas para recuperar la salud.*
"Where does your grandmother live, Little Red-Cap?"	*-¿Dónde vive tu abuelita, Caperucita Roja?*
"A fair bit further into the	*Caperucita Roja dijo:*

wood; her house is underneath three big oaks, with nut trees just below it – surely you've seen it?" Little Red-Cap replied.

-Un poquito más adelante en el bosque; su casa está debajo de tres árboles de roble grandes, y ahí abajito, hay árboles de nueces también, ¿La has visto?

The wolf thought, "What a soft little creature! What a sweet mouthful she'll make, she'll be tastier than the old woman. I must be cunning and get the pair of them." So he walked along with Little Red-Cap for a little way, then he said, "Look how pretty the flowers are here – why don't you have a look round? I think you're not hearing how sweet the songs of the little birds are; you walk along so serious, it's like you're on your way to school, whilst

El lobo pensó para sí:

-¡Qué criatura más suave! Va a ser un bocadillo tan dulce, va a estar más sabrosa que la viejecita. Debo ser astuto y atraparlas a las dos.

Así que el lobo caminó con Caperucita Roja una parte del camiino y dijo:

-Mira qué hermosas están las flores aquí, ¿por qué no vas a mirarlas un rato? Yo creo que no estás escuchando la dulzura en las canciones de

everything else in the woods is jolly."

los pájaros; y caminas muy seria, como si fueras de camino a la escuela, chifla, todo en el bosque está alegre.

Little Red-Cap looked up, and seeing the sunbeams dancing through the trees, with pretty flowers everywhere, she thought, "Why don't I take my grandmother a bunch of fresh flowers, she would like that. It's still early, I can pick them and still be there on time." So she ran off the path to look for flowers. Each time she picked one she thought that she saw a prettier one farther off, so she would run after it, and so she got deeper and deeper into the wood.

Caperucita Roja levantó su mirada, y al ver los rayos del sol danzando a través de los árboles, con flores bonitas por todos lados, y penso:

-¿Por qué no le llevo a mi abuelita un puñado de flores frescas? Le encantará, todavía es temprano, las puedo recoger y todavía llegar a tiempo.

Así que corriendo se salió del camino para buscar flores. Cada vez que recogía una pensaba ver otra más adelante, más hermosa aún,

así que corría detrás de ella y de esa manera se adentró y adentró en el bosque.

Meanwhile the wolf had run straight over to grandmother's house and knocked on the door.

Mientras tanto el lobo había corrido derecho a la casa de la abuelita y le tocó a la puerta.

"Who's there?"

-¿Quién es?

"Little Red-Cap," the wolf replied, "I've brought you cake and wine, open up!"

El lobo contestó:

-Caperucita Roja, te he traído pastel y vino, abre!

"Let yourself in," grandmother called out, "I'm too weak to get up and open the door."

Gritó la abuelita: Pásate, estoy muy débil para levantarme a abrir la puerta.

The wolf lifted the latch and the door burst open, and saying nothing he leapt on the bed and ate her up. Then he put on her clothes and her cap, got into bed and drew the curtains.

El lobo levantó la chapa y la puerta se abrió de par en par, y sin decir nada saltó sobre la cama y se comió a la abuelita. Después se puso su ropa y su gorrita, se metió a la cama y recorrió las cortinas.

Little Red-Cap had been running around all this time picking flowers, and when she had collected so many she couldn't carry any more she remembered she was on her way to her grandmother and resumed her journey.

Caperucita Roja había estado corriendo todo este tiempo recogiendo flores, y cuando había recogido tantas que ya no las podía cargar, y recordó que iba en camino a la casa de la abuelita y regresó a su jornada.

She was surprised to find that the door of the cottage open,

Estaba sorprendida de haber encontrado la pueta de la

and when she went into the room she felt very odd, and she said to herself, "Oh dear, I feel very uncomfortable today, and I usually like coming to see grandmother so much. She called out, "Good morning," but there was no answer, so she went up to the bed and drew the curtains. There was her grandmother with her cap pulled down over her face, looking very strange.

cabina abierta, y cuando entró al cuarto se sintió muy extraña, y se dijo para sí misma:

-O, hoy me siento muy incómoda, y siempre me gusta tanto venir a visitar a mi abuelita, y gritó: -Buenos días.

Pero no había respuesta, así que fué a la cama y recorrió las cortinas. Ahí estaba su abuelita, con su gorrita cubriéndole su cara, se veía muy extraña.

"Oh grandmother," she said, "what big ears you have!"

Dijo: -O abuelita, ¡qué oídos tan grandes tienes!

"So I can hear you better,

La respuesta fue: -Para

dear child," came the answer.	*escucharte mejor, mi niña.*
"But grandmother, how big your eyes are!" she said.	*Le dijo:* *-Pero abuelita, ¡qué ojos tan grandes tienes!*
"So I can see you better, dear child."	*-Para verte mejor, pequeña.*
"But grandmother, how big your hands are!"	*-Pero abuelita, ¡qué manos tan grandes tienes!*
"So I can hug you better."	*-Para abrazarte mejor.*
"But grandmother, what a	*Pero abuelita, ¡qué boca tan*

terrible big mouth you have!"

terriblemente grande tienes!

"So I can eat you better!"

-¡Para comerte mejor!

The words were hardly out of the wolf's mouth when he leapt out of bed and swallowed Little Red-Cap whole.

Las palabras apenas salieron de la boca del lobo cuando brincó de un salto de la cama y se tragó completa a Caperucita Roja.

Now the wolf was full, he lay back donwn on the bed, fell asleep and began to snore very loudly. The huntsman was passing by the house, and he thought to himself, "How loudly the old woman is snoring! I must just go and see if she needs anything." He went into the bedroom, and he saw that the wolf was

Ahora que el lobo estaba lleno, se acostó de nuevo sobre la cama, se durmió y comenzó a roncar muy fuerte. El cazador iba pasando por la casa y pensó:

-¡Qué fuerte está roncando la viejecita! Debo ir y ver si necesita algo.

lying in the bed. "Is that you, you old sinner!" he said. "I've been looking for you for ages!" Just as he was about to shoot the wolf he though that maybe it might have swallowed the grandmother and she could still be alive inside him, so he didn't fire; he took a pair of scissors and began to cut the wolf's stomach open. When he had made a couple of cuts he saw the little red cap, and when he made a couple more the little girl leapt out, crying, "How frightened I've been! How dark it was in there!" The old grandmother followed, still alive but hardly breathing. Little Red-Cap ran and fetched huge stones which they used to fill up the wolf's belly. When he woke up he wanted to run away, but the

Fue a la recámara y vió que el lobo estaba acostado y dijo:

-¡Eres tú, viejo latoso! Tengo eternidades buscándote.

Y apenas iba a dispararle al lobo, pensó que probablemente se había comido a la abuelita y podría todavía estar viva dentro de él, así que no disparó; en lugar de eso, tomó un par de tijeras y empezó a cortar el estómago del lobo. Cuando ya había hecho dos cortes vio a Caperucita Roja y cuando hizo más cortes, la niña salió brincando y gritando:

-¡Qué asustada he estado! ¡Qué obscuro está ahí dentro!

Luego salió la abuelita, estaba viva todavía pero

stones were so heavy that he collapsed and fell down dead.

apenas si podía respirar. Caperucita Roja corrió y tomó piedras grandísimas y las usaron para llenar el estómago del lobo. Cuando despertó éste, quería correr, pero las piedras estaban tan pesadas que se derrumbó y cayó muerto.

All three were delighted. The huntsman skinned the wolf and took it home; grandmother ate the cake and drank the wine Little Red-Cap brought, and felt better, and Little Red-Cap thought, “For the rest of my life I will never wander off the path and into the woods when my mother has told me not to.”

Los tres estaban encantados. El cazador le quitó la piel al lobo y se la llevó a casa; la abuelita comió el pastel y tomó del vino que le trajo Caperucita Roja, y se sintió mejor, y Caperucita Roja pensó:

-Por el resto de mi vida, nunca más voy a salirme del camino y andar por los bosques, así como me ha dicho mi mamá que no lo

haga.

The story is also told of how once Little Red-Cap was taking cakes to her grandmother, another wolf spoke to her and tried to get her to leave the path. However, Little Red-Cap was watching out and kept going straight on; she told her grandmother that she had met the wolf and that he had wished her good morning, but with such a wicked look in his eyes that she was sure he would have eaten her if they hadn't been on the public road. "Well," grandmother said, "we will lock the door, so he can't get in." Soon after the wolf knocked and called out, "Open the door, grandmother, it's Little Red-

Se dice también una historia que una vez Caperucita Roja le iba llevando pasteles a su abuelita, que se le acercó otro lobo para hablar con ella y tratar de hacerla que se saliera del camino, pero Caperucita Roja estaba alerta y continuó caminando por donde debía; le dijo a su abuelita que se había encontrado con el lobo y le había deseado que tuviera muy buen día, pero con una mirada tan mala en sus ojos que ella estaba segura que se la hubiera comido si no hubiera sido una carretera pública. Su abuelita le dijo:

-Bueno, vamos a ponerle el cerrojo a la puerta, para que

Cap here, bringing you some cakes." But they didn't speak or open the door, so the grey wolf sneaked two or three times round the house; eventually he jumped up on the roof, meaning to wait until Little Red-Cap went home in the evening, follow her and eat her up under cover of darkness. But grandmother could see what he was planning. There was a great stone trough in front of the house, so she said to the girl, "Take the pail, Little Red-Cap; I made some sausages yesterday, so take the water I boiled them in out to the trough." Little Red-Cap carried water out until the trough was full to the brim. The wolf smelt the scent of sausages, and he sniffed and peeped over the edge.

no pueda entrar.

Al ratito, el lobo llegó y tocó la puerta y dijo:

-Abre la puerta abuelita, soy Caperucita Roja y te traigo unos pasteles.

Pero ellas no contestaron ni abrieron la puerta, así que el lobo gris merodeó dos o tres veces alrededor de la casa; después de un rato, brincó al techo, con la intención de quedarse hasta que Caperucita Roja se regresara a casa por la noche, para seguirla y comérsela cubierto por la obscuridad, pero la abuelita pudo ver cuáles eran sus intenciones. Había una piedra muy grande frente a la casa, así que le dijo a la niña:

-Caperucita Roja, toma la cubeta, ayer hice longanizas,

Eventually he stretched his neck out so far that he couldn't hold on to his place, and he slipped off the roof straight into the great trough and drowned. Little Red-Cap went home happy, and nobody ever hurt her again.

así que toma el agua en donde las herbí, y sácala al abrevadero. Caperucita Roja acarreó agua hasta que el abrevadero estaba lleno. El lobo olió la esencia de las longanizas, y olió y se asomó a la orilla. Eventualmente estiró tanto el pescuezo que ya no pudo detenerlo en su lugar, y se resbaló del techo cayendo derecho al gran abrevadero y se ahogó. Caperucita Roja se fué a su casa feliz, y nadie la volvió a molestar jamás.

TOM THUMB

(PULGARCITO)

A poor woodman was sitting in his cottage one night, by the fire, smoking his pipe. His wife sat at his side, spinning. "How lonely it is, wife," he said, puffing out a big curl of smoke, "with you and me sitting here alone, with no children playing and amusing us; other people's children seem to make them so happy!" "You're very right," said the wife, sighing, spinning her wheel, "how

Una noche, un leñador pobre estaba sentado cerca de la chimenea, en su choza, fumando su pipa, su esposa estaba sentada a su lado, hilando, y él le dijo a su esposa mientras aventaba por su boca una gran bocarada de humo:

-Que soledad tan grande, esposa, tú y yo sentados aquí solos, sin niños que jueguen y nos diviertan, ¡se ve que a

happy I would be if I only had one child! Even if it was tiny, if it was no bigger than my thumb, I would be very happy, and I would love it very much." You might think that it is odd, but it so happened that this good woman got exactly what she wanted, in the exact way she wished; not long afterwards she gave birth to a little boy, who was perfectly strong and healthy, but who wasn't much bigger than my thumb. So they said, “Well, we can't say we haven't been given what we asked for, and even though he is very small we will love him very much." And they called him Thomas Thumb.

otras personas, sus hijos los hacen tan feices!

Su esposa le contesto, mientras suspiraba profundamente al dar vuelta a la rueca:

-Tú estas en lo correcto, ¡qué feliz sería si tuviese aunque fuera un solo niño! Aún si fuera chiquitito, si no fuera más grande que mi dedo pulgar, yo sería muy feliz, y lo amaría muchísimo.

Pensarías que es extraño, pero es lo que pasó, que esta buena dama recibió exactamente lo que deseaba, en a misma manera que lo deseaba; no mucho tiempo después, le nació un niñito, que estaba perfectamente fuerte y saludable, pero que no era mucho más grande

que mi pulgar. Así que dijo:

-Bien, no podemos decir que no tenemos lo que pedimos, y aún cuando es tan pequeñito lo amaremos muchísimo.

Y lo llamaron Pulgarcito.

They gave him plenty to eat, but whatever they tried he never got any bigger, he remained the same size he was when he was born. However, he had sharp sparkling eyes, and it was obvious that he was a clever little chap who knew what he was up to.

Le daban bastante comida, pero no importa lo que trataran, nunca creció más, permaneció de la misma medida que tenía cuando nació. De cualquier manera, Pulgarcito tenía una mirada intensa y brillante, y era obvio que era un niño muy inteligente que sabía lo que hacía.

One day, when the woodman was preparing to go and get

Un día, cuando el leñador estaba preparándose para ir a

firewood, he said, “I wish I had someone who could drag the cart for me, because I want to be quick." “Oh, father," Tom cried, “I'll look after that. I'll have the cart in the wood for you by the time you need it." This made the woodman laugh, and he said, “How are you going to manage that? You can't reach the horse's bridle." “Don't worry about that, father," said Tom, “as long as my mother will put the harness on the horse, I will climb into his ear and direct him." “Well," said the father, “we'll give it a go."

recoger leña, dijo:

-Desearía tener alguien que me arrastrara la carreta, porque quiero terminar rápido. Pulgarcito le dijo:

-O papá, yo me encargo de eso, tendré la carreta en el bosque listo para ti, en el momento que la necesites.

Escuchar esto hizo que el leñador se riera, y le dijo:

-¿Cómo lo lograrás? No alcanzas las bridas de los caballos.

Pulgarcito le dijo:

-No te preocupes por eso, padre, si mi madre pone el arnés sobre el caballo, yo subiré a su oído y lo dirigiré.

El padre dijo:

-Bien, lo haremos.

So his mother harnessed the horse to the cart, and put Tom in his ear. Sitting there the little chap told the animal which way it should go, calling out, “Go on!" and, “Stop!" as he wished. This way the horse went forward just as well as if the woodman were driving himself. Just as the horse started to go a little bit too fast, and Tom was calling out to it, “Gently! Gently!" a pair of strangers walked up. “How strange this is!" one of them said, “I can see a cart going along the road, and I can hear a carter talking to a horse, but there's no one to be seen." “It certainly is very

Así que la madre unió el caballo a la carreta con el arnés, y puso a Pulgarcito en el oído del caballo. Sentado ahí, el niño le decía al animal por dónde irse, gritando según su deseo:

-¡Sigue! ¡Deténte!

De esta manera, el caballo continuó exactamente como si el leñador mismo lo hubiera estado cabalgando. Un par de extraños se acercaron justo en el momento que el caballo comenzaba a irse un poco rápido, y Pugarcito le gritaba:

odd," said the other one, “let's follow the cart, and see where it goes." So they followed it into the wood, until at last they came to the place where the woodman was working. Then Tom Thumb saw his father, and he cried out, “Look, father, here I am with the cart, I am fine and safe! Now help me down!" So his father held a horse with one hand, and with the other he lifted his son out of the horse's ear and placed him on a straw, where he sat quite happily.

-¡Despacio! ¡Despacio!

Uno de ellos dijo:

-¡Qué extraño es todo esto! Puedo ver una carreta yendo por el camino, y puedo escuchar a aguien hablándole al caballo, pero no se ve nadie.

El otro dijo:

-Ciertamente, es muy, muy extraño, sigamos la carreta para ver a dónde se dirige.

Así que la siguieron hasta el bosque, hasta que al fin llegaron al lugar donde el leñador estaba trabajando. Entonces Pulgarcito vio a su papá y grito:

-¡Padre, mira, aquí estoy con la carreta, estoy sano y salvo!

¡Ayúdame a bajar!

Así que su padre detuvo el caballo con una mano y con la otra, ayudó a su hijo a bajar del oído del cabalo y lo puso sobre la paja, y él se sentó muy contento.

All this time the two strangers were watching, struck dumb with astonishment. Eventually one of them took the other one to one side, and said, “That little chap will make us rich, if we can get hold of him and exhibit him from town to town; we must buy him." So they went up to the woodman, and asked him what price he would like for the little man. “He'll be better off with us than he is with you," they said. “I certainly won't sell him," the father said, “he is

Durante todo este tiempo, los dos extraños estaban observando, como tontos de la admiración. Al fin, uno de ellos llevó al otro a un lado para hablar y le dijo:

-Ese niño nos podría hacer ricos, si lo pudiéramos atrapar y exhibirlo de pueblo en pueblo, debemos comprarlo.

Así que se dirigieron al leñador y le preguntaron cuál era el precio que quisiera por el hombrecito, le dijeron:

my own flesh and blood, and that means more to me than all silver and gold in the world." But Tom, hearing of the deal they offered, crept up to his father's shoulder and whispered in his ear, “Take the money, father, and give me to them; I'll get back to you soon."

-Va a estar mejor con nosotros que contigo.

El padre les dijo:

-Ciertamente, no lo vendería, él es de mi propia sangre, y eso para mi significa mucho más que toda la plata y el oro del mundo.

Pero Pulgarcito, escuchando el trato que ofrecían, subió hsta el hombro de su padre y le susurró al oído:

-Toma el dinero, padre, y deja que me lleven, regresaré pronto a ti.

So eventually the woodman said that he would sell Tom Thumb to the strangers in return for a large piece of

Finalmente, el leñador dijo, para tomarles el pelo, que les vendería a Pulgarcito por una pieza grande de oro, la cual,

gold, which they paid him. "Where would you like to sit?" one of them said to Tom. "Oh, put me on the brim of your hat; that will be a nice lookout post for me, I can walk around and watch the countryside as we go along." So they did what he asked, and when Tom had said goodbye to his father they took him off with them.

ellos le pagaron, y uno de ellos le preguntó a Pulgarcito:

-¿Dónde te gustaría sentarte?

-O, colócame sobre la orilla de tu sombrero, ese será un buen lugar para mi para poder mirar todo, puedo caminar y mirar el campo a medida que caminemos.

Así, hicieron lo que pedía, y cuando Pulgarcito se despidió de su padre se lo llevaron.

They travelled on until it got close to evening time, and then the little man said, "Put me down, I'm tired." So the man who was carrying him took off his hat, and put him down on a piece of earth, in a ploughed field at the side of

Viajaron hasta que se acercab la noche, y entonces el hombrecito dijo:

-Bájenme porque estoy cansado.

Así que el hombre que lo llevaba cargando se quitó el

the road. But Tom ran around in the furrows, and eventually he slipped into an old mousehole. “Good night, my masters!" he said, “I'm out of here! You should take better care of me next time." They dashed over to the place, and poked inside the mouse hole with their sticks, but it was useless. Tom just crawled even farther and eventually it got so dark that they had to go away without their possession, extremely annoyed.

sombrero y lo bajó, al lado del camino, sobre un pedacito de tierra en un terreno arado, pero Pulgarcito comenzó a correr en medio de los surcos, y eventualmente, se metió al agujero de un ratón y les dijo:

-¡Buenas noches mis maestros! ¡Me retiro! ¡La próxima vez, deberán cuidarme más!

Corriendo inmediatamente al lugar donde Pulgarcito se estaba escondiendo, ellos picaban con palos el agujero del ratón, pero era inútil. Pulgarcito gateó aún más adentro y finalmente estaba tan obscuro que se tuvieron que ir sin su posesión, e iban extremadamente molestos.

Once Tom realised they had gone, he left his hiding place. “How dangerous it is, walking around this ploughed field!" he said. " If I fell off one of these great lumps of earth, I should certainly break my neck." Eventually, luckily, he discovered a large empty snail shell. “This is a bit of luck," he said, “this is a fine place for me to rest." And he crept inside.

Una vez que Pulgarcito se dió cuenta que se habían ido, salió de su escondite, y pensó:

-Qué peligroso es caminar por este terreno arado, si caigo en uno de estos grandes montones de tierra, seguro que me quebraría el cuello.

Un poco después, por suerte, descubrió un cascarón de caracol grande y vacío y se dijo:

-A esto se le llama suerte, este es el lugar perfecto para que yo descanse. Así que ahí se qudó.

Just as he was dropping off, he heard a couple of men

Tan pronto como comenzaba a quedarse dormido, escuchó

passing by, chatting with each other, and one of them was saying to the other, “How can we steal all the silver and gold from the house of that rich parson?" “I'll tell you!" Tom shouted out. “What was that noise?" the thief asked, frightened, "I'm sure I heard somebody speaking." They stood listening, and Tom said, “Take me with you, and I shall soon show you how to get your hands on the parson's money." “But where are you?" they said. “Look around on the ground," he answered, “and hear where the sound is coming from." Eventually the thieves discovered him, and they picked him up in their hands. “You little urchin!" they said, “how can you help us?" “Well, I can get in between the iron bars protecting the

pasar a un par de hombres, iban platicando, y uno de ellos le preguntaba al otro:

-¿Cómo podemos robar toda la plata y el oro de la casa de ese rico párroco?

Pulgarcito gritó:

-¡Yo te diré cómo!

El ratero, asustado, preguntó:

-¿Qué fué eso? Estoy seguro que escuché a alguien hablar.

Se quedaron muy quietos para escuchar, y Pulgarcito les dijo:

-Llévenme con ustedes y pronto les mostraré cómo robar el dinero del párroco.

Ellos le contestaron:

windows of the parson's house, and I can throw out anything you want." “That's a good idea," said the thieves, “let's go, we'll see what you can manage."

-¿Dónde estás?

Pulgarcito les contesto:

-Miren al suelo, y escuchen de dónde viene el sonido.

Le dijeron:

-Pequeño pilluelo, ¿cómo puedes ayudarnos?

-Bueno, podría meterme por entre las barras de hierro que protegen las ventanas de la casa del parróco, y les puedo aventar afuera todo lo que quieran.

Los rateros dijeron:

-Esa es una muy buena idea, vamos, veamos lo que puedes hacer.

When they got to the parson's house, Tom slipped through the bars on the window into the room, and then he shouted out as loud as he could, "You want everything in here?" This made the thieves very frightened, and they said, "Hush, hush! Speak quietly, so you don't wake anyone up." But Tom acted as if he didn't understand, and he shouted out again, "How much of this do you want? Shall I throw everything out?" Now the cook was asleep in the next room, and hearing a noise she sat up and listened. Meanwhile the thieves had become frightened, and they ran a little way off; but eventually they took up their courage, and said, "That little urchin is just trying to make us look stupid." So they came

Cuando llegaron a la casa del párroco, Pulgarcito se metió al cuarto a través de las barras de la ventana, y luego gritó tan fuerte como pudo:

-¿Quieren todo lo que hay aquí?

Esto hizo que los rateros se asustaran mucho y dijeron:

-¡Cállate, cállate! Habla más bajo, para que no vayas a despertar a nadie.

Pero Pulgarcito actuaba como si no entendiera, y gritó nuevamente:

-¿Cuánto de esto quieren? ¿Tiro todo hacia afuera?

Para esto, la cocinera dormía en el cuarto de enseguida, y al oír el ruido, se levantó y

back and whispered quietly to him, "Let's have no more of these practical jokes, throw us out some money." So Tom shouted out as loud as he could, "Alright! Hold out your hands! It's coming."

escuchó.

Mientras tanto, los rateros ya se habían asustado, y salieron huyendo; pero más adelante tomaron valor y dijeron:

-Ese pequeño pilluelo sólo está tratando de hacernos ver como unos tontos.

Así que se regresaron y le susurraron a Pulgarcito:

-No más bromas, lánzanos el dinero.

Así que Pulgarcito gritó tan fuerte como pudo:

-¡Está bien, levanten sus brazos¡ ¡Ahí va¡

The cook heard this very

Esta vez, la cocinera oyó muy

clearly, so she leapt out of bed and ran to open the door. The thieves ran off as if there was a wolf after them, and the maid, having searched everywhere and found nothing, went to find a light. By the time she returned, Tom had sneaked off to the barn, and when she looked around every corner, finding nobody, she went to bed, thinking she must have been dreaming with her eyes open.

claramente, así que saltó de la cama y corrió para abrir la puerta, los rateros corrieron como si los fuera persiguiendo un lobo, y la sirvienta, habiendo buscado por todos lados y sin haber encontrado nada, fué a buscar una lámpara. Cuando regresó, Pulgarcito ya se había escapado al granero, y cuando ella buscó en cada esquina, sin encontrar a nadie, se regresó a la cama, pensando que habría estado soñando con los ojos abiertos.

The little chap crawled around the hayloft, and eventually he found a comfy place to spend the rest of the night; so he lay down, meaning to sleep until daylight, and then get back

El pequeñito gateó por el pilar de paja, y finalmente encontró un lugar muy confortable para pasar el resto de la noche; así que se acostó, con la intención de dormir hasta que

home to his mother and father. But alas, what bad luck he had, what bad things happen to us in the world! The cook got up early, before sunrise, to feed the cows. She went straight up to the hayloft, and picked up a big bundle of hay with the little man still fast asleep in the middle of it. He slept on, and he didn't wake up until he found himself in a cow's mouth, because the cook had put the hay into the cow's manger, and the cow had picked Tom up with a mouthful of it. “Alas!" he said, “how did I manage to fall into this mill?" He quickly realised where he really was, and he had to look very sharp not to get crushed to death in the cow's teeth. Eventually he was swallowed down to her stomach. “It is rather dark," he

amaneciera, y luego se regresaría con su mamá y papá. ¡Pero pobrecito, qué mala suerte la suya, qué cosas tan malas suceden en el mundo! La cocinera se levantó temprano, antes de que saliera el sol, para alimentar las vacas. Se fue derechito al henil, y levantó un bulto grande de paja, con el hombrecito en medio y todavía dormido. Continuó durmiendo, y no despertó hasta que se encontró en la boca de la vaca, porque la cocinera había puesto la paja en el establo de la vaca, y la vaca había levantado a Pulgarcito con un bocado de paja, y éste gritó:

¡Ay de mi! ¿Cómo es que llegué a caer a este molino?

Pronto se dió cuenta dónde

said, “they forgot to put windows in this room to let the sunlight in, it would be nice to have a candle."

estaba, y rápidamente tuvo que buscar la manera de no caer entre los dientes de la vaca para no ser aplastado a muerte; finalmente, la vaca lo tragó hasta llegar al estómago, y dijo:

-Está muy obscuro aquí, se les olvidó poner ventanas en este cuarto para dejar entrar la luz del sol, sería bueno tener una vela.

Although he made the best of his bad situation, he didn't like where he was at all. The worst thing was, the cow was swallowing more and more hay, and so the space he had became smaller and smaller. Eventually he shouted out as loud as he could, “Don't bring me any more hay! Don't bring

Aunque hizo lo mejor que pudo estando en esta situación, no le gustaba para nada el lugar donde se encontraba. Lo peor era que la vaca seguía comiendo más y más paja, y así que el espacio disminuía cada vez más. Eventualmente gritó tan fuerte como pudo:

me any more hay!"

-¡No me traigas más paja! ¡No me traigas más paja!

It happened that a maid was milking the cow at that time, and she heard somebody speak; seeing nobody, but certain that it was the same voice she had heard in the night-time, she was so frightened that she fell off her stool and turned over the milk pail. As soon as she could get off the ground, she ran off as fast as she could to her master the parson, saying, "Sir, sir, the cow is talking!" The parson just said, "Woman, you must have gone mad!" However, he went to the barn with her, to try and find out what the matter was.

Sucedió que una sirvienta estaba ordeñando la vaca en ese momento, y escuchó hablar a alguien; al no ver a nadie, pero con la certeza de que era la misma voz que había escuchado en la noche, se asustó tanto que se cayó de la silla y se le volteó la cubeta con la leche. Tan pronto como se pudo levantar, corrió hacia su jefe el párroco tan rápido como pudo, diciendo:

-¡Señor, señor, la vaca está hablando!

El párroco sólo le contestó:

-Mujer, te debes de haber

vuelto loca!

De cualquier manera, fue al pajar con ella, para tratar de saber qué es lo que pasaba.

They had hardly stepped over the threshold when Tom called out, "Don't bring me any more hay!" Then the parson became frightened himself, and thinking that the cow must be bewitched, he told his servant to kill her right there. So the cow was killed, and cut up, and the stomach, containing Tom, was thrown out onto the dung heap.

Apenas se habían parado en el umbral cuando Pulgarcito gritó:

-¡No me traigan más paja!

El párroco se asustó también, y pensando que la vaca estaba embrujada, le dijo a la siervienta que la matara ahí mismo, de tal manera que mataron la vaca, y la cortaron, y tiraron el estómago en el que estaba Pulgarcito, en el estiércol.

Tom quickly started working

Pulgarcito inmediatamente

to get himself out, which was not easy. Eventually, just as he managed to get his head out, he had another stroke of bad luck. A hungry wolf came running up, and swallowed the whole stomach, with Tom inside, in one gulp, and ran off.

comenzó a hacer todo lo posible, lo cual no era fácil, finalmente, justo cuando pudo asomar su cabeza, tuvo otro golpe de mala suerte; un lobo hambriento se acercó corriendo, y se engulló todo el estómago en una mordida, y se fué corriendo.

However, Tom did not give up, and thinking that the wolf might like to have a chat as he strode along, he called out, “My good friend, I can show you something good."
“Where's that?" said the wolf.
“In a house like this," said Tom, describing his father's own house. “If you crawl through the drain into the kitchen, and from there into the pantry, you will find cakes, ham, beef, cold chicken, roast

De cualquier manera, Pulgarcito no se rindió, y pensando que al lobo le gustaría conversar a medida que caminaba, le grito:

-Mi buen amigo, te puedo mostrar algo bueno.

El lobo dijo:

-¿Dónde?

Describiendo la casa de su

pig, apple dumplings, and everything else you could possibly want."

padre, Pulgarcito le dijo:

-En una casa como ésta. Si te subes por la coladera y llegas hasta la cocina, y de ahí te metes a al despensa, encontrarás pasteles, jamón, carne, pollo frío, cerdo rostizado, empanadas de manzana y cualquier otra cosa que te puedas imaginar.

The wolf didn't have to be asked a second time, so that same night he went over to the house and crawled through the drain into the kitchen, and then on into the pantry, where he ate and drank all he could want. Once he had had enough he wanted to leave, but he had eaten so much that he couldn't fit out the same way

No le tuvieron que decir dos veces al lobo, así que esa misma noche fue a la casa y se subió por la coladera hasta que llegó a la cocina, y ahí encontró la despensa, donde comió y bebió todo lo que quiso. Una vez que comió lo suficiente decidió retirarse, pero había comido tanto que ya no cupo por los lugares por donde había entrado.

he had come in.

This was just what Tom had planned, and he started shouting very loudly, making as much noise as he could. “Will you calm down?" said the wolf; “you'll wake up everyone in the house with that racket." “What do I care?" said the little chap, “you've had your fun, now I want to have mine." He started singing and shouting as loud as he could.

Esto es exactamente lo que Pulgarcito había planeado, y comenzó a gritar muy fuerte, haciendo tanto ruido como pudo. El lobo le dijo:

-¡Cálmate! Vas a despertar a todos en la casa con ese escándalo.

El hombrecito decía:

-¿Qué me importa? Ya te divertiste, ahora es mi turno.

Comenzó a cantar y a gritar tan fuerte como pudo.

The woodman and his wife, having been woken by the noise, peeked through a crack

El leñador y su esposa, quienes habían sido despertados por el ruido, se

in the door. When they saw there was a wolf in there, they were very frightened, as you can imagine. The woodman ran to fetch his axe, and handed a scythe to his wife. "You wait there," said the woodman, "and when I have bashed him on the head you must tear him apart with the scythe." Tom heard everything, and called out, "Father, father! I'm here, the wolf has swallowed me." His father said, "Thank God! Our dear child is back," and he told his wife not to use the scythe in case she hurt their son. Then he aimed a great blow at the wolf and got him on the head, killing him instantly. When he was dead they cut open the body, and let Tom out. "Aha!" said the father, "how worried we were

asomaron por una rajadita de la puerta, y cuando vieron que estaba ahí un lobo, se asustaron muchísimo, como ya te puedes imaginar. El leñador corrió a agarrar su hacha y le pasó una guadaña a su esposa y le dijo:

-Espérate ahí, y cuando le de un golpe en la cabeza, tú lo despedazas con la guadaña.

Pulgarcito escuchó todo y gritó:

-¡Padre, padre! Aquí estoy, el lobo me tragó.

El padre le contestó:

-¡Gracias a Dios! Nuestro hijo ha regresado.

Así que le dijo a su esposa que no usara la guadaña para que no fuera a lastimar a su

about you!" "Yes, father," he answered; "I have been travelling all over the world, I think, in different ways, since I left you, and I'm very glad to be home and out in the fresh air again." "Wait, where have you been?" said his father. "I have been down a mouse hole– in a snail shell– a cow's throat– and in the belly of a wolf. But here I am, back home, safe and sound."

hijo.

De esta manera, el lobo le dió un golpe tan tremendo al lobo, que se lo dió en la cabeza y lo mató al instante. Ya muerto, abrieron el cuerpo del lobo y salió Pulgarcito y su padre le dijo:

-¡O estábamos tan preocupados por ti!

Pulgarcito contestó:

-Sí papá, yo creo que de diferentes formas, he andado viajando por todo el mundo desde que te dejé y estoy muy contento de estar de regreso en casa y respirando el aire fresco nuevamente.

El padre le dijo:

-Un momento, ¿dónde has

estado?

He estado en el agujero de un ratón, en el cascarón de un caracol, en la garganta de una vaca y en la panza de un lobo, pero aquí estoy, sano y salvo, de regreso a casa.

"Well," they said, "you have come back, and we wouldn't sell you again for anything anybody could offer."

Sus padres le dijeron:

-Bien, has regresado, y no te venderíamos de nuego por nada que alguien nos ofreciera.

Then they hugged and kissed their dear little son, and gave him plenty of food and drink, because he was very hungry. Then they fetched him new clothes, because his old ones had been quite ruined on his

Entonces los padres abrazaron y besaron a su adorado hijito, y le dieron mucho de comer y de beber porque tenía mucha hambre, luego le dieron ropa nueva, porque la que traía ya estaba

travels. So Master Thumb stayed peacefully at home, with his mother and father. Although he had travelled a long way, and had seen and done so many wonderful things, and he liked to tell everyone about the story, he always said that.

muy aruinada con motivo de sus viajes. Así, el Maestro Pulgarcito se quedó muy quietecito en su casa, con su mamá y su papá. Aunque había viajado mucho, y había visto y hecho tantas cosas tan maravillosas, y le gustaba contar a todos acerca de su historia, siempre decía que después de todo lo dicho y hecho, no hay lugar como el hogar.

www.ingramcontent.com/pod-product-compliance
Lightning Source LLC
Chambersburg PA
CBHW020502310726
48979CB00016B/2761/J

* 9 7 8 1 6 2 9 1 7 5 6 1 4 *